理不尽ゲーム

サーシャ・フィリペンコ

奈倉有里 訳

集英社

САША ФИЛИПЕНКО
БЫВШИЙ СЫН

作者からのメッセージ

あなたがいま手にしている本は、幸運に恵まれました。まだ若かった二十九歳のぼくが、この本を発表するやいなやロシアでもっとも名誉のある文学賞のひとつを受賞したのです。その後、この本は何度か重版され、舞台版も上演され、さまざまな言語に翻訳されました。すべて、作者としては喜ぶべきはずのことですが、市民としてはとても悲しい気持ちでいます……

この小説（原題『かつての息子』）が文学賞「ルースカヤ・プレミヤ」を受賞したとき、受賞作というのは往々にしてそういうものですが、たくさんの賞賛とともに、批判の声もあがりました。それらの批判は要点をまとめるなら「そんなはずはない、いい、いい」というものでした。けれども幸か不幸か、二〇二〇年のベラルーシに起きた出来事は、昏睡状態に陥った国の現状を書いたぼくが、自分に対しても読者に対しても誠実であったのだということを、次々に証明してしまったのです。これは、ぼくの生まれ育った国があるとき昏睡状態に陥り、まったく目を覚ます気配がないかのように思われたのはどうしてなのか、理解しようという試みの書です。そして、二〇二〇年にベラルーシの人々がもうこれ以上昏睡状態にさせられたままなのは嫌だと悟り、目を覚ました（そう信じたいのです）理由を、あらかじめ解説した書でもあります。この本は、ぼくたちがなぜ生まれ育った国を出て、家族と離れ、国や家族にとって「かつての子供たち」にならなければならないのかを理解しようという試みの書です。その意味では、生家から遠く離れてしまったベラルーシの人々が、なぜそういう選択をしなければならなかったのか、その理由を連ねた事典のような書でもあります。作者としては幸運かもしれませんが、市民としてはたいへん悲しいことに、この本に書いた内容はことごとく再生産され、いまだに現実に起こっています。奇しくも、批評家や読者のみならず、国家までもがこの本に目をつけました。ミンスクの書店では、この本は在庫があっても書棚には並べられません。ベラルーシ国立の図書館には、この本を決して配架しないよう厳重な注意喚起がなされています。ヨーロッパの中央に位置する国で、そのようなことが起こりうるのだということもやはり、この本に書かれています。けれども大切なのはこの本が、愛についての——愛する人の目を覚まし、国じゅうを眠りから覚めさせることのできるほどの、愛についての書だということです。

　ぼくがただひとつ心から願っているのは、いつかきっと、ぼくの生まれ育った国で、この本が時事性を失うことです……

サーシャ・フィリペンコ

理不尽ゲーム

祖母へ

本書の原文では、ロシア語とベラルーシ語が使用されています。
日本語に翻訳するにあたり、ベラルーシ語の箇所については書体を変えてあります。

（編集部）

春の終わりゆくころ。時計の針は八時半に近づいていた。太陽は低空飛行をする飛行機のようにすべりながら沈んでいく。管楽器さながらに曲がりくねった川にかかる橋はまばらだ。湿度が上がり、汗がにじむ。梅毒に苛(さいな)まれるかのような街で、アスファルトがあまりの暑さに溶けていく。曲芸師が転んだ。

電線は水流のようにうねり、空っぽの路面電車が決められた路線を進んでいく。誰もが胸元をはだけ、なにもかも焼けつくようだ。売店のミネラルウォーターはいつになく飛ぶように売れていた。アーチの下や小径(こみち)の隅々にまで熱気がまとわりついている。かつて偉大な作家（レフ・トルストイ）が書いたように、大地は雨を渇望していた。人々の肌は今年初めて日に焼けていく。古くからここに暮らす地元の住民はテレビカメラを向けられ、こんな天気は前代未聞だと語っていた。

フランツィスクは演奏をやめ、額を拭った。二本の指でメトロノームの針を止めて、耳を澄ます——脱衣所では洗濯機がせっせと服を洗い、台所ではいつものように雑音混じりの有線ラジオが流れている。『工場のバレエ曲』（ラヴェル『ボレロ』）だ。フルートは嬉々としてクラリネットに主旋律を譲り、ドラムが大地に叩きつける雨のように響く。自信に満ちた情熱的な演奏だが、破綻もなければ下手な奏者もいないのはさすが国営放送のオーケストラだ。フランツィスクはチェロをたてかけて窓辺に近づいた。メトロノームがまた動きだす。ばあちゃんはとなりの部屋でもう一時間以上も長電話をしている。中庭ではサッカーが始まっていた。（あーあ、暗くなっちゃう）と、ツィスクは思う。（両チームの人数が揃ったら、もう入れてもらえない）

サッカーは楽しさをひけらかすかのように続いていた。始終、「戻れ！　戻れ！」という声が聞こえてくる。どうも、片方のチームのディフェンスに問題があるらしい。ひっきりなしに誰かが倒れたり、パスを失敗したりしている。（たぶん、ヴァーラとパーシカのチームが負けてるんだな）。試合の様子を窺いながら、僕が入れば奇跡の大逆点だってできるのに、と考える。一昨日観た「赤い悪魔」（マンチェスター・ユナイテッドFC）の活躍みたいに。

ラジカセは老人のごとく重苦しく呼吸していた。テープが尽きてきた。黒い四角のボタンを押しラジカセを止める。よし、もう少しだ——あとはテープを巻き戻して再生し、こっそり廊下に出ればいい。効果てきめんのトリックで、すでに十回は成功している。ラジカセの音が流れていれば、ばあちゃんはツィスクが練習しているものと信じてくれる。

すべては順調だった。ツィスクは玄関にしゃがむ。鍵もあるし、靴紐も結べた。ところがそのとき、膝がバカみたいに大きな音をたててボキッと鳴った。ばあちゃんのおしゃべりが止む。一瞬、あたりは静まり返った。ばあちゃんは電話の相手にちょっとごめんなさいと言い、ツィスクに呼びかけた――

「どこ行こうってんだ。買い物を頼んだ覚えはないよ」

ツィスクは答えなかったが、ばあちゃんは返事も待たずに続けた。

「ばあちゃんを騙して、さぞかし胸が痛むだろうねえ。まあ、自分の演奏をテープに録音したのはいいことだ。なによりようやく一曲通して演奏したんだ、作曲家もきっと喜んでるよ。それに聴き直せば、音を外している箇所がよくわかる。実にいい勉強法だ」

「なんで外で遊んじゃいけないんだよ」

「なんでもかんでもない！」

「もうやだよ！　早く行かなきゃサッカーが終わっちゃうじゃん。あと三十分もしたら暗くなるし、後半戦の半分でいいから行かせてくれたって……」

「路上のチェロ弾きにでもなるつもりなら行きな」

「ちょっとサッカーしたくらいで、そんなことになんないよ。練習ばっかりでおかしくなりそうなんだ。ねえ、行っていいだろ」

「だめだね。試験まであと数日だろう。あんたはただでさえ退学寸前なんだから！」

「試験は進級判定会議のあとじゃんか、会議で退学にならなきゃもう大丈夫だよ。それにひょっとしたら本番で超うまくいくかもしれないし」

「どうかね。さあ、部屋に戻った戻った！」

「こんなにいい天気なのに！」

「天気は確かにすばらしい、言うことなしだ。おまけに日を増すごとに良くなっていく。だから試験に受かったら、心ゆくまで楽しみなさい」

「じゃあ僕に万一のことがあったらどうするんだよ？　ひょっとしたらこれが外で遊べる最後のチャンスかもしれないじゃん」

「あんたもちょっとは成長したはずだよ。同じことばかり言って、そろそろ自分でも飽きてきただろう。部屋に戻りなさい。心配しなくても、家にいれば万一もなにも起こりようがない。偉い詩人さん（ヨシフ・ブロツキー）が言っただろう、『部屋から出るな、間違いを犯すな』って」

「その詩人ってやつは『徒食者』じゃんか。国もそう言ってるんだ！」

「ほう、いつから国を信じるようになったんだ？　いいから戻んなさい！」

ちぇっ、と舌打ちをしてフランツィスクはスニーカーを投げつけ、部屋に戻った。ドアを勢いよく閉めてベッドに寝転ぶと、思春期特有の怒りと悔しさがこみ上げてくる。

（鬼ババアめ、またいつものパターンだ。勉強がどうとか将来がどうとか、ありきたりな小言ばっかり。ばあちゃんに僕の将来のなにがわかるんだ。そもそも、将来なんて誰にもわかんないんだ。二週間前、同じ学年のやつが授業中に死んだ。心臓発作だった。なのに授業なんてなんの意味があるんだ？　二声聴音や三和音の小テストに、どんな意味があるんだ？　専門科目やピアノの試験も、週三回のめんどくさいオーケストラ練習も、休み時間まであと五分ってときにいきなり死ぬかもしれないんなら、いったいどういう意味があるんだよ！）

「ほー、寝ながら練習するつもりか」

ドアの隙間からばあちゃんが覗いた。

「どうせ、もうすぐとなりから苦情がくるもん」

「まったく、しょうがない子だね。じゃあ行っておいで。手だけは大事にするんだよ！」


審判の日は毎年訪れた。この学校の恒例行事だ。五月の末になると、気落ちした泣き顔の親たちに向かって、太った校長が晴れがましく落第生を発表する。

「マシェーロフ、カリノフスキー、コスチュシコを退学処分とする。七年B組は以上。次に……」

そうして例年通り春の終わりに保護者を集めて進級判定会議を開いた校長は、おきまりの訓示を垂れる――

「知の方舟（はこぶね）は、皆を乗せてはゆけないのです。落ちこぼれは舟を降りねばなりません。彼らはいずれにせよ知の境地には到達できません。溺れる者はほかに活躍の場を見つけるしかないのです！」

大きな腹のせいで「太鼓」というあだ名のついた校長は、校長言語を駆使した演説を終え、結論を下す――

「保護者のみなさま、私どもは幸か不幸か留年は認めておりません。このことにつきましては常日頃から申しあげてまいりました。あ、リュドミーラ・ニコラエヴナ先生、ドアを閉めていただけませんか、また生徒たちが覗きにきとる」

落第の当事者はその多目的室に入れない。全員は入り切らないし、個別に理由を説明すると長くなりすぎる。退学を恐れる生徒たちがドアの前に詰めかけないようにと、校長先生は、簡単かつ実に画期的な（と、本人は思った）方法を考え出した。毎年この会議の日に、ゲストを呼んで講演会を開くのである。呼ばれるのはいつも退役軍人だ。もちろん勲章をたくさんつけていて、できれば杖をついている人がいい。体育館の壇上にはテーブルが置かれ、テーブルの上の花瓶には三本のカーネーションが飾られる。生花でも造花でも、手に入るほうを。そして退役軍人が壇上にあがると、生徒たちは拍手をして口々に囁（ささや）く。「おい見ろよ、階段が砂だらけだ……」「あーあ、またジジイの昔話がはじまるぞ、暇人の与太話が」

退役軍人のとなりには、教育係の教務主任が座ることになっている。

「お待たせしてすみません、いちばん向こうの校舎から走ってきたものですから」

退役軍人はいいんですよと軽く頷（うなず）いて咳払いをし、褒賞で得たネクタイを締め直してから、しごく穏やかな声で思想的に統制された戦争の話を始めることになっていた。勲（いさおし）と名誉の話はたちまち生徒たちの眠りを誘うが、校長はほかの催しを試みようとはしなかった。かねてからひとつのやりかたを押し通すことだけで出世街道を進んできたタイプの教師だ。「新しいことなんて考え出す必要はありません。ほかの候補など挙げてどうするんです。リュドミーラ・

ニコラエヴナ先生、今年もあの、ええと、誰でしたっけほら、去年も呼んだあの人でいいじゃないですか……」という調子だ。

とりたてて異なる人を探そうとする者もなかった。結果として中高生の多くは、この国にソ連パルチザンは一人しかいないような感覚を持っていたが、無理もない。そうした型通りのパルチザンが、来る日も来る日も学校から学校へと渡り歩き、子供たちを長話で退屈させているのだから。

講演会が終わりに近づくと、教務主任は若き共和国最初の大統領の肖像を見上げ、満足げにまとめに入る。

「みなさん、どうでしたか。かつては誰からも尊敬された諸民族の父（スターリン）がいたように、いまでは誰からも尊敬される父さん（バーチカ）（ルカシエンコ）がいるわけです。そのおかげで私たちはもはや戦火にさらされることはないのです、みなさん、安心してください」

と、最も重要かつ言わなければならない言葉を言い終えると、教務主任は段を降り、そそくさと多目的室へ向かう。退役軍人は遠慮がちに微笑み、退場する。

あの暑い五月の日も、すべてはかねてから用意していたシナリオ通りに進むはずだった。飾りたてられた勲、忘れられた名誉——「我々は祖国のために戦った、君たちの未来のために。誰かに言われたからでも、脅されたからでもなく、督戦隊もなしに、我々は自ら進んで戦ったのだ！」

そう、あの凄まじく暑い五月の日、登壇者側にも聴衆側にも、意思疎通の齟齬があってはならなかった。退役軍人は子供たちから遊ぶ時間を奪うのをわかっており、子供たちのほうとしては退役軍人には敬意を払わなきゃいけないと思っていた。そういう人たちがいなければ、いまごろ自分たちはどうなっていたかわからないと聞かされてきたから。フランツィスクは壇上の挨拶を話半分に聞き流しながら、前の席の背もたれにらくがきをしていた。親友のスタース・クルコフスキーはジーパンについた汚れを落とそうとやっきになっている。ほかのみんなはひそひそ話をしたりつねりあったり、手紙を渡しあったり。やり残した学年末のソルフェージュの課題を内職しているやつもいるし、でかいいびきをかいているやつもいる。要するに講演会はいたってふだん通りの和やかな雰囲気のなかで進められていた。だけどそのとき突然、みんなの耳が壇上に向けられた。生徒たちは静まり返った。退役軍人が不意に、言ってはいけないはずのことを言ったのだ。

教育システムに異常事態が発生。誰かが仕損じた。不注意だ。あまりにも不注意だ。油断大敵。学校は「招かれざる客」を招待してしまったのか。このときになってみんなようやく、壇上の老人が勲章をつけていないことに気づいた。そうしてその人は別の——士気高揚のためではない、自身の経験した戦争の話を始めた。

「みなさん、最初にお伝えしておきますが——私はドイツ人と戦ったわけではありません。この通り、勲章も持っていません。もらっていないのです。私は、世間一般にいう退役軍人ではありません。そもそも、このまま話を続けてもいいのでしょうか？」

教務主任は動転し、バベルの塔さながらに混乱した頭で頷いた。

「そうですか、お許しいただけるのであれば続けましょう。私は戦勝パレードにも呼ばれません。呼ばれたとしても決して行かないでしょう。みなさんの歴史の先生——ワレーリー・セミョーノヴィチ先生がどうして私を呼んでくれたのか不思議なくらいです。先生は実際にあったことを、そのまま話してくれればいいと言うんです……。実際どうだったかって？　実際はですね、みなさん。最悪でしたよ！」

体育館は凍りついた。誰もが言葉を失った。静かだ。凪。芸術の方舟は静止した。マストは折れ、帆が垂れる。がやつきが止み、フランツィスクもらくがきを止め、ジーパンのシミも忘れ去られた。スタースは周囲を見回した——みんなしんとして、身動きもしない。ふだんは救いようもなくおしゃべりなやつさえ言葉を失っている。

「私たちはあらゆる相手と戦っていました。こんなことを言っても、いまでは誰も信じようとしません。そんなはずがないと否定されるだけです。たいていの人は私の頭がおかしいと言いますが、でもみなさん、ほんとうなんです。わかりやすく言うなら、朝は警察補助隊と戦い、夜は赤軍と戦うという具合です。まさに、周りはみんな敵でした。解放のための聖戦などありませんでした。東から西へもその逆へも、行軍などしていません。そうです、私たちはこの場に留まったままでした。ここに、故郷に。一歩も動かなかったのです、みなさん、わかりますか？　私たちは掩体壕の襲撃もしなかったし、最高統率者（スターリン）のために自らの命を犠牲にもしませんでした。そんなことは一切なかったのです。私は戦争映画で描かれるような戦争についてては、なにも語ることができません。私たちの戦争は、まったく違っていました。汚らわしく、おぞましく、卑劣な戦いでした。というのも、あの戦争は実のところ、市民戦争だったからです。みなさんのなかで、市民戦争がいわゆるふつうの戦争とどう違うか、わかる人はいますか？」

「わかりまーす！」と、いちばん後ろの列から声が響いた。「味方同士でやりあうことです！」

「そうです。あれは最も恐ろしい戦争でした。ドイツだけでなく、味方も敵だったのです。……味方もです、わかりますか？　私自身は、誰かと戦おうとは決して思いませんでした。戦争が起こったときは誰でも、いずれかの側につくか、それとも関与しないかを選ぶことができる、少なくとも関与すまいという姿勢をとることはできるはずです。私はみなさんに、こう言っておきたいのです――もし今後、万一、不幸にも戦争などというものが起きたとしたら、みなさんは立ち止まって、よく考えてください。誰のために戦うのか、そもそも、戦うのかどうかを！　戦争を始めるのは、いかなる状況になっても新鮮な果物だって飛行機でいくらでも取り寄せられる立場にいる偉そうな大人たちですが、死ぬのはみなさんです。死はあれよというまに訪れ、死ねばそれきりです。ほんとうです、私は人が死ぬのを見てきました。死んだ者は生まれ変わりません。だから常に、いつも、必ず、とにかく考えてください。よく考えてください。たくさん考えてください」

「よくわかんねえけど、つまりドイツ人の味方してたってことですかあ?」と、後列の誰かが訊(き)いた。

「いいえ、ドイツ側についたというわけではありません。違うんです。でも、そうですね、私がいつもどう考えていたかを説明しましょう。もし彼らの求める理想に賛同できると感じたらしたっていい、そうでしょう。もし信じるならば、誰の味方をしたっていい。それに、彼らの軍服は格好よかった。私はいつも、あの軍服はいいなと思っていました。有名なデザイナーの作品でしょう。少なくとも見た目は私たちよりずっと格好いいと思いましたよ。でも、私が気に入ったのは軍服だけで、あとはなにもかも嫌いでした。彼らは私たちを作り変えようとしていました、それがいちばん恐ろしかった。人は、たいていの状況を耐え忍ぶことができます、けれどもそれだけはいけないのです。自分たちを別の人間に作り変えようという企(たくら)みだけは、許してはならないのです」

――もし赤軍が憎くて、ドイツ側の奇妙奇天烈な主義を信じるなら、彼らの警察補助隊に協力

「ちぇーっ、始まったよ……」

「こら、コーブリン!」

教務主任が叱った。

「なんですかー。僕はなにもしてませーん！」

「さて、ということはね、みなさん。私はソ連赤軍に入るべきということになるでしょうか。そうでしょうか。ソ連の指導部はのうのうと自分たちの街に留まったまま、詩人や音楽家らを疎開させ、私の両親がただ母語で話していたというそれだけで銃殺したのです……。そんな彼らの最高統率者のために戦えばいいのでしょうか。兄たる国（ロシア）のために！　あの狂人のために！　自分と同じような能無し（ヒトラー）と版図を分け合うこともできないやつのために、自らの命を捧げればいいのでしょうか。もし彼らを信じるのなら、それもいいでしょう。でもね、みなさん。私は信じなかった。決して信じなかった」

「じゃあ、誰を信じていたんですか？」

教務主任が場違いな笑みを浮かべて訊いた。

「誰も信じちゃいません。どの側も。信じていたのは、自分の家だけ、自分の土地だけ、頭上にある空だけです。私は、自分がどこでどのように生きるかを決めるのは自分だけだと、そう信じていました」

「それで、どうしたんです。脱走兵にでもなったんですか」

「あなたの見解からすると、まさにそういうことになるんでしょうね。そうです。私は森へ逃げ込んだのです」

「臆病風に吹かれたってことですかね？」

後列の生徒たちからの支持を狙ってか、教務主任は毒々しい嘲笑をうかべて訊く。

「私は、ドイツ側にはソ連のパルチザンだと思われ、パルチザンと赤軍にはドイツの協力者だと思われました。言ったでしょう、朝は一方と、夜はもう一方と、という具合に戦っていたんです。あなたがそれを臆病というのなら、それでいいでしょう、私は臆病者です」

体育館はざわめいた。生徒たちは口々に自分の知識を確かめたり人に訊いたり言い合ったりしている。

「はーい質問です。つまり、すべての人を敵に回して一人で戦っていたんですか？」

「いやいや、そうじゃない。私みたいな人はたくさんいた。多くの人が同じ選択をしたんです。ただ、いまはその話をしてはいけない風潮になってしまいました。勝ったのは私たちじゃない。戦争を語ることが許されているのは勝った者だけです。私の人生、私の運命には、ぽっかりと空白があいています。私のような人間は、いなかったことになっているのです。私は森のなかに隠れたり、カトリック信者や東方帰一教会信者の家に身を寄せたりしながら数年を過ごしました。一九四一年、私は同じ境遇の人々と同様に田舎の農村に移住して、それからそこで二十年間ひとりで暮らしていました。かなり経ってから、たまには街にも出ていくようになりましたが、一九九一年、戦後四十六年が経ってついに首都に私たちの（白赤白の）旗が掲げられているのを見て、ようやく自分たちは勝ったのだと思いました」

「あいにく、つかの間の喜びでしたね」

教務主任はその老人にだけ聞こえるように、声を押し殺してちいさく呟いた。

それは学校始まって以来の最も長い講演会になった。教務主任がいくら終わらせようとしても、生徒たちはゲストを帰そうとしなかった。会場からの質問は二時間以上も途切れなかった。生徒たちは質問し、どよめき、感嘆し、もっと話してくれとせがみ、驚き、評価し、耳を疑う。みんな、あくびもせずにその語りを聞いた。なにしろ秘密を話してくれたのだ。これまで誰も、一度として語らなかったことを。その人は、鍵のかかった扉を開けてくれた——生徒たちがそこへ詰めかけないわけがない。講演会が終わると、フランツィスクは級友たちとみんなで秘密基地へ行くことにした。秘密基地というのは、四階のトイレだ。

どんなに厳しい教育係も入ってこない、十六歳の少年たちだけの場所。芸術専門学校共和国の敷地内にある「立入禁止」区域。思いつく限りのエッチな言葉で埋め尽くされた壁に、ひび割れだらけのタイル。便座のない便器。破った楽譜はよく揉めばトイレットペーパーの代わりになる。煙草を回し吸いしながら、みんなはさっきの講演会の話を続けていた。

「信じらんねえ、よく生きてたな」

「マジすげえ！　あ、紙かして」ツィスクは言った。

「うわっ、おまえ臭うぞ！」スタースが返した。

「おめーなんかじいちゃんの代から臭うぜ！」

「二人ともやめろよ！」朝から下痢に悩まされていたコーブリンが割って入った。「なんでまたそんな言葉（ベラルーシ語）でしゃべってんだ」

「故郷で母語しゃべってなにが悪いんだよ、いちいちおまえに許可とんないといけねえのかよ、オナラ虫？」

「おまえのとうちゃんのほうがオナラ虫だね！　しゃべんのはいいけど、ロシア語かベラルーシ語かどっちかにしろよ。女みたいにとっかえひっかえして。昨日はこっち、今日はあっち。明日は何語で話す気だ？」

「それのどこが悪いんだ？」フランツィスクはコンクリートの間仕切りの上からにっこり笑顔を覗かせて訊いた。

「げっ、ズボンにウンコつくぞ！」

「平気だよ。おまえと違って下してないし、もうすっきりしたもんね。それよりなんで僕らが母語でしゃべってんのがそんなに気に入らないのか言えよ」

「わざとらしいからだよ！　おまえら、その言葉で考えることも夢をみることも、ジョークを言うこともできないくせに。そうだろ？　その言葉で小話のひとつも話したことねえじゃんか」

「そりゃあ確かにその通りだよ。でも、たまに話したくなるんだから、いいじゃん」

「なんでだよ」

「めっちゃいいなって思うんだもん。ちょっと人と違う言葉を使ってみたいし。それに昔この土地を監視しにやってきた人たちの言葉で話したくないことだってあるし」

「わかってると思ってんのはおまえだけだろ。『なおす』のはズボンの丈で、物は『入れる』んだ」

「そんなの、わかりきってるだろ」

「そりゃあ、まだ勉強中だもん。じゃあおまえは正しい言葉を使ってるつもりなのか？　そういや今朝面白いこと言ったよな、『引き出し(シュフリャートカ)になおす』って。何語で言ったつもりなんだ？」

「けどツィスクは間違ってしゃべってるだろ」

「ちっ、先公気取りかよ。ツィスク、おまえ国語の成績『三』じゃねえか」

「おまえと違ってナスチャのカンニングなんかしないからな」

「俺だってしてねえよ！」

「おまえはすればいいよ。せいぜい、宿題も全部見せてもらえば。どうでもいいし。ちなみに『シュフリャートカ』なんて言葉も存在しないけどね」

「存在しないわけないだろ、どの机にだってあるじゃねえか」

「ところが、机にはあっても言葉としては存在しないんだな」

「フランツィスクが正しい」と、ズボンのチャックを上げたスタースが割って入った。「そんな言葉はない。いや、ここで使われてるんだからあるとも言えるけど、その言葉は東からじゃなく西から、ドイツから入ってきたんだ。たぶん、最初に占領されたときじゃないかな。調べたところ、ドイツ語で引き出しのことをシュブラーデっていうらしい。でもこの言葉は、おまえがそこまでこだわってる兄さん国の言葉には、もちろん、ない」

「なんだよテメーら、知らねーよ！　別になんにもこだわってねえし！　ただ突然別の言葉でしゃべりだすなんておかしいって言ってんだよ。いきなりみんなと違う言葉使って、バカみたいじゃん」

「お忘れでしょうか、いまのところここの教育はその『別の言葉』でおこなわれているって」

「へっ、それもあと少しの辛抱だな。来年からはなくなるさ！」

「それがそんなに嬉しいっての？」

「そのほうがマトモだろ！　西のほうで話してんのはいいけど、ここでは昔からロシア語で話してたんだから！」

「あーその通りだよ、ここでは常に兄さん国家の言葉で話してた。偉大で強力なね！」

「じゃあおまえはそれが気に入らねえのか？」

「そんなことないさ。兄弟じゃないか。奴らは兄さん、俺らは弟だし、同じ塹壕（ざんごう）の飯を食った仲だとか、そんなことはわかってんだよ。問題は人類の記憶がおまえのチンコと同じくらい短いってことだ。どうしようもねえ。俺らは弟だ、兄さんよりアホで、なにかにつけてちょっと劣ってる弟だよ。俺たちはみんな、戦争で国民の四分の一が死んだって話を暗記させられてきたけど、どういうわけか敬愛する兄さんが企てた血の洪水（一六五四〜一六六七年のロシア・ポーランド戦争）の時代に、国民の半数が死んだことは忘れられてる。五百万人が二百五十万人に減ったのに！」

「フランツィスク、いつの時代のこと言ってんだよ。ついでにおまえのばあちゃんの話でもする気か？」

「ああ、してやるよ！　子供鉄道（旧ソ連圏の子供たちの鉄道学習のための教育施設）の向こうの公園に行って、二十世紀頭にどれだけの人が、母語で話してただけで殺されたのか見てこいよ。その人たちをちゃんと思い浮かべるんだ。それまで生きていた人たちが、あるとき突然銃殺されていく。やったのは敬愛する兄さんたちだ。殺された人たちは盗みを働いたわけでもなければ略奪をしたでもなく誰かを殺したでもなく、ただ母語で話していただけだ。その人たちならまさに、その言語で考えることも小話を語ることもできた。でも殺された。僕もスタースも、今日こうやってトイレでちょっとふざけただけで、銃殺されてたかもしれない」

「そりゃあ、昔はすぐ銃殺だったからな。詩を書いただけでも銃殺だし、なんだって口実になっただろ。でもロシアはロシア人のことだってそうやって殺してたじゃないか。言葉の問題じゃねえよ」

「だからなんだってんだよ。国も人々も別個の存在なんだ。僕らは自分たちで、どう生きるか、どう話すかを決めなきゃいけないんだ。だから、おまえが間違ってる！」

「いいや、おまえが間違ってるね！」

「やめろよ、そんなことで喧嘩するの」

「いや、これは大事な問題だよ」

フランツィスクは真剣に答えた。

「そうだな、大事だ」スタースは頷いた。「でもおまえらみたいに、トイレでズボンを下ろしたまま罵り合うほどのことじゃない」

「仲直りするか？」

「バーカ」

「バカはおめーだ！」


そうしてトイレの二つの個室の間に調停が成立すると、みんなは友好の証に最後の一本の煙草を回し吸いしながら、戦争や歴史や言語の問題を忘れ、思春期の少年たちにとってはそれにまさるとも劣らない重要な話に移った。

「俺が天国に行ったらさ……」と、話し始めたのはスタースだ。

「無理だね。ベラルーシ野郎は天国には行けねえんだ」

「なんでだよ」

「そうと決まってんの！」

「そりゃまたなんつーか……」

「個人的には、天国はないと思う」

ツィスクは煙を吐き、言った。

「どうしてそう思うのかお聞かせ願えますかね、フランツィスク・ルーキチさんよ」

「単純な話さ。たとえば僕が天国に行くとするだろ……」

「そのケツじゃドアを通んねえよ、天国に限らずどこだって」

「バーカ、こんなかで僕がいちばん痩せてんじゃん。でさ、天国に行ったとする。天国ってのは、いいことばっかりあるとこだろ。女がいて酒があって、応援してるサッカーチームが勝つみたいな。僕が天国に行くってことは、いつも必ず僕の好きなチームが勝つようになるんだよな？　そうだろ」

「まあ……そうかな……」

「そうだよ！　で、どの選手権大会でもリーグ戦でも、僕の好きなチームが勝ち続ける。その天国に、ＦＣアフトザプチャスチを好きなスタースが来る」

「ポリ公チーム（ＦＣディナモ・ミンスク）よりマシだろ」

「しょうがないだろ、この街にほかのチームがないんだから。でも問題はそこじゃない。もし天国というのが僕らが考えているような場所で、おぞましい地上の生を終えたあとに最高の楽しみを味わえるところだとしたら、スタースの好きなチームも勝たなきゃいけない」

「まあ、そうだな……」

「そうって、どういうことだよ。どっちのチームも勝ち続けるなんてバカな話、ありえないだろ。どっちかが負けるはずなんだ、そうじゃなきゃ嘘ってことになる」

「知んねえけど、どっちのチームも勝てばいいんじゃないの。でもおまえはもはや、そんなことわかりもしないだろうけど」

「やだよ！　行くなら、僕の好きなチームが勝ち続ける天国じゃなきゃ。それ以外の天国なんかごめんだね」

「つまりおまえの論理では、あるひとつのチームのサポーターしか天国には行けないってことか？」

「そりゃきっと、ローマ法王のチームだな」

コーブリンが便器の水を流して締めくくった。

ツィスクたちが四階のトイレではしゃいでいる間にも、多目的室では先生たちが暑さや疲労と戦いながら、評決を下し続けていた——処分か情状酌量か、進級か退学か。議論の余地のある生徒もいれば、異論なく処分される生徒もいる。開け放たれた窓の外から青々とした木の葉のざわめきが響くなか、議題は十六歳のディマス・コーブリン（素行不良と地理の成績が「二」だったことについて）と、同学年のフランツィスク・ルーキチ（理由を数えあげるまでもない落第生）の件に差しかかっていた。コーブリンはそのせいで緊張のあまり一日じゅう腹を下していたが、フランツィスクの胃腸の調子は自慢したいほど絶好調だった。ツィスクは、自分はぜったい大丈夫だ、うまくいく、と思っていた。こういうとき、ツィスクにはいつも無責任な自信がみなぎってくるのだ。鉄道乗務員のコーブリンの母親とは違い、ツィスクのばあちゃんは説得力のある完璧な論拠をもって学校と掛けあってくれるはずだ。しかもこっそり。校長室にはフランクリン（百ドル札）を、音楽の教務主任にはシャネルの五番を。だから気が重いのは教員会議のあと、ばあちゃんにまたうんざりするほどお説教されるってことくらいだった。がみがみがみがみ、叱るだけ叱ったら結局最後には褒めてくれるけど。フランツィスクは不真面目だったが、気に入ってくれている先生も多かった。そういう先生たちにとってツィスクは単なる臨時収入源ではなく（賄賂を受けとらない先生もいた）、生き生きとした洞察力のある賢い生徒だった。暗記は嫌いなのに、戦争や国家の統合や崩壊の年号は残らず知っているし、カンニングなどしなくとも有名無名の歴史上の人物の家系図を楽々と辿っていけた。だから毎年五月末に落ちこぼれのツィスクが退学させられそうになるたびに、いつも歴史と文学の教師が擁護に回った。

「私としては、ルーキチ君を落とすべきではないと……」

「あらワレーリー・セミョーノヴィチ先生、どうせ袖の下でももらったんでしょう、それならそうと白状したらどうですか」

「そういうナターリヤ・セルゲーヴナ先生こそ、今年は運良く袖の下が回ってきたんじゃないですか？」

「あら、証拠でもあるのかしら？　私はむしろ、ルーキチ君のおばあさまがかわいそうで。先生とは違って、『三』をつけましたよ。今学期の成績は二と三のちょうどきわどいところでしたけど」

「みなさん、本題に戻りましょう。ルーキチ君は今学期の成績に二つ『二』がついています。前回同様の和声と、それから歴史ですね。ワレーリー・セミョーノヴィチ先生、どうして先生が彼を擁護するんですか。先生の科目で『二』をとったんですよね。前学期までの成績はどうだったんですか？」

「三学期連続で『三』ですが……」

「じゃあなぜ庇うんですか。成績一覧を見ても、先生の教え子でいちばん出来が悪いじゃないですか」

「いいかげんだから悪い成績をつけざるを得ないだけで、ほんとうは賢い子なんです……」

「教育とは所定の知識を得ることであって、生徒の持論で先生を感心させることではありません」

「私は、考える力のある生徒を育てるべきだと思いますが……」

「それは間違いですね、ワレーリー・セミョーノヴィチ先生。人間とはそもそも考える生き物です。ですからわざわざ育てる必要はありません。これまで通りで充分。しかし、考える人間とおっしゃいますと……。ひょっとして、つまりルーキチ君は先生の偏った政治思想に共鳴しているということでしょうかね？　十六歳という年頃なら、反体制意識を植えつけるのもたやすいですからねえ！」

「偏った思想とはなんですか。なにを念頭においてそんなことを」

「おや、おわかりでしょうに。先生が教科書にある歴史の公理をひどく歪めて解釈している話は有名なんですよ」

「たとえばどんな？」

「どんなって、なにが」

「私がどんな公理を歪めたっていうんです。答えてください。じゃなきゃ、そうやってもごもご言って、ダチョウみたいに砂に頭を突っ込んじゃうかもしれませんからね」

「またそんな比喩を持ち出して、可笑（おか）しくもなんともないですよ。具体例がいるんですか？」

「聞きたいですね」

「先生は授業で、第一一五大隊の話をされましたね？」

「正確には、警察補助隊第一一八大隊です（ハティニ虐殺）。ええ話しましたよ、それがなにか」

「それがなにかとはなんです!? 呆れたもんですね。なにが問題ですかとでもいうつもりですか。なんとふてぶてしい。これまでもこれからも生徒たちが知っておかなければならないはずの史実ですが、我が国の村を焼き払ったのはドイツ人です、先生の大隊じゃなく。そうじゃないっていうなら、なんです、そこにいて、その目で見てきたんですかね？」

「結構なご意見で。大隊は私のじゃありませんけど、問題はそこじゃありません。じゃあ、ひとつ質問してもよろしいでしょうか。ドイツ人というのは、どういったドイツ人のことでしょう？」

「どういう意味ですか」

「どういったドイツ人が村を焼いたというんですか」

「そりゃ、攻めてきたドイツ人ですよ、ここに。周知の事実でしょう」

「周知って、どこに周知されてるんですか。ここにいた人ですか？ 戦った人たちですか？」

「そうですよ！」

「周知の事実ですが、当時の前線はずっと遠くにありました。あのときあの場にいたドイツ人なんて、万一いたとしても村に一人か、地域に一人くらいのものです。警察補助隊はいましたが、私たちやリトアニア人やウクライナ人で構成されていたんです、ドイツ人は関係ありません。生徒にもそう教えています。それ以外にはなにも言っていません。史実を教えているだけです、作り出された神話じゃなく。ドイツ人が焼いた村もあります。それは事実です。ドイツを正当化しようとしているわけではありません、ただ史実を捻じ曲げたくないだけです。ドイツ人が焼いた村もある、でもその村を焼いたのは間違いなくウクライナ人です。現地に記念碑が建てられて真実を発掘しづらくなったのは、私のせいではありません」

「先生のお仕事は、教科書にある通りの内容を教えることです。先生は教諭ですから、教科書を説明するのが仕事です。先生は、生徒が学習指導要領通りの知識を得る手助けをすることによって給料をもらっているのです。ご自身の意見など言われては困ります。もう一度言いますが、教科書通りの授業をしてください。教科書にも、ほかのすべての資料集にも、ドイツ人がやったと書いてある。これは我が国の歴史の最も重要な局面です。おわかりですか？　穢してはならない歴史なのです！　我が国の国章であり、我々の祖父の代はその旗のもとに戦ったのです。それが我が国のほぼすべてなのです！」

「しかし、確かな証拠もあるんですが」

「国の判断のほうが正しいに決まってます！　先生は単なる教諭でしょう、歴史研究はもっとしかるべき人々がやっているはずです。そんなに自説を披露したいなら、科学アカデミーでお仕事をされたらいかがですか。先生のお話を聞いていると、あたかもドイツに占領されていたほうが我々の現政権下よりも良かったように聞こえてくる！」

「あなたにとっては『我々の』でも、私は現政権を自分たちのものとは考えていません！」

「話の腰を折らないでいただきたい！　親御さんたちから苦情が来てるんですよ。先生のお話によると、あたかもドイツ人がここに学校を開いて食料を供給しチョコレートを配ったかのようだし、おまけに同じ塹壕で苦しみを共にした兄弟たるスラヴの民族が、野蛮人だったという話にもなりかねないとね！　先生はなんですか、この街の北方で人々を銃殺したのもドイツ人じゃなく彼らだっておっしゃりたいんですか（ソ連によるクロパティの大粛清。この虐殺もナチスが組織したという俗説があり、ルカシェンコがその説を支持した）」

「それこそ、あの当時はここにドイツ人などいなかったんです、あれは一九三……」

「もういいでしょう！　ワレーリー・セミョーノヴィチ先生。先生がどういう思想をお持ちかはよくわかりました、ありがとうございます。お座りください。しかしご自身の発言には気をつけることですな。先生のことは教育者として高く評価しておりますし、もし先生の偏った思想のせいで辞めていただくことになったら、私としても不本意ですから。先生のお考えは選挙の際にご表明になればいいでしょう。投票所で！　ここはサーカスではないんです、ふざけた真似は慎んでいただきたい。それに国会でもなく、学校です、しかも非常に名高い専門学校なんです！　というわけで、ルーキチ君の件に戻りましょう。ほかに退学に反対するかたはいますか？」

「私も……、あの、もしよければ……」

「リディヤ・イワノヴナ先生！　先生もですか？　なんですかみなさん、ストックホルム症候群にでもなったんですか？　先生ご自身が、つい一昨日校長室に泣きついてきたじゃないですか。ルーキチ君は宿題をやってきたためしがないし、おまけに教師をからかってくると」

「でも、作文は誰より上手いんです……」

「すみません、ひとついいでしょうか？」

「ええどうぞ、リュドミーラ・アントーノヴナ先生」

「お話を聞いていて思ったんですけど、みなさんは、この学校がなによりも音楽専門学校だということをお忘れではないでしょうか。音楽家を育てるのが、なんていいますか、私たちの責務なわけですよね。ルーキチ君は音楽家として才能や将来性があるでしょうか。あの子は今後チェロの演奏で食べていくことが、音楽で生計をたてることができるでしょうか。もちろん無理です。まずそれがひとつ。次に音楽の素質についてです。いかなる素質がありどこが優れているか。せめて絶対音感があるかといえば、ありません。もっと言うなら音感そのものがありません。耳が聞こえないのと同じです。ソルフェージュはいつも落第点です。手も音楽に合っていません。片手ずつ指揮をしたり演奏をしたり、自らそれに歌を合わせたりする基本練習すらできないんです。とんでもない生徒です。それをみなさんは、在学させてやるべきだとかなんとか、いいかげんにしてください。そんなわけないでしょう！　基礎の基礎である単音の聴音さえできない生徒がいていいわけがありません。どう教えたらいいかも見当がつきません。次にピアノはどうでしょう。ルーキチ君のピアノの試験に居合わせて聴いたことがありますか。試験までに小曲を両手で弾けるようになっていたらマシなほうです。何ヶ月も続けて授業をサボることもあります。最後に専攻についてですが、チェロ奏者としてはどうでしょう。安定感のある演奏ができ、音楽院に進学し、オーケストラピットに入ることができるでしょうか？　ぜったいに不可能です。現時点での課題にもついていけず、周りの生徒から非常に遅れをとっています。どうするんです。このままだらだら続けて、最終的にはコントラバスにでも変更させる気ですか？　そんなことになったらコントラバス指導の先生がたがかわいそうです。演奏指導の教員になにか恨みでもあるんですか？　音楽は怠けてできるものではありません。努力が不可欠です。ルーキチ君はそれを理解しようともしないのです。歴史や文学の面で少しでも才能を発揮しているというのなら、それは大いに結構です。しかしもう一度言いますが、私たちは理屈屋や三文小説家じゃなく、音楽家を育てているんです！」

「で、成果のほどは？」

「え？」

「音楽家はたくさん育ちましたか？」

「ふざけないでください、ワレーリー・セミョーノヴィチ先生。先生もご存じのはずです、音楽院の合格者の半数はうちの生徒じゃないですか！」

「ではその先は？　ご自慢の教え子はその後、なにになるんです。雑貨店の店員やオペラ劇場のバイオリン第三奏者といったところでしょう。ソロ奏者や、有名になった演奏家はいるんですか？　この学校の名を世に知らしめてくれた音楽家は？　ここ三十数年間で、先生は一人でも本物の、実力ある音楽家を育てたと言えるんですか？　新聞に名前が載った卒業生が一人でもいたでしょうか。名の知れた、誰でも知っているような音楽家が。記憶にありませんか。では教えましょう、高名な詩人と同じ姓の生徒でした。どう有名になったかというと、大統領邸の前に大量の堆肥を撒いて、大統領の肖像に熊手を突き刺したんでした。その子だけです、この学校といえば話題にのぼるのは。先生の主音属音の小テストや課題は、なんの結果も出していません。いいかげん気づいたらどうですか、先生が育てているのは音楽家じゃなく、芸術界の周囲に立つ警備員や清掃員です。私たちはこの三十数年間、世界的な音楽家などただの一人も生みだせなかった。一人も。卒業生は第三世界からの大使をお出迎えするための大統領お抱えオーケストラ要員ばかりです。彼らがいったい何者になりうるというんです。お答えいただきたい。だからこそ、音楽や歴史や文学や絵画について語り聞かせなきゃならんのです。いちばん基本的なことを――考え、疑い、疑問を投げかけることを、学ばせなきゃならんのです。お抱え楽団の伴奏をさせることじゃなく」

「みなさん、このままでは話がまとまりません。どうか落ち着いてください。学年末ですから先生がたもさぞやお疲れでしょう。もうすぐ夏休みですし、ゆっくり休んで新年度の新たなる戦いに備えようじゃありませんか。ワレーリー・セミョーノヴィチ先生、先生のお話はもちろん興味深いですが、残念ながら的外れです。我が校が質の高い……優秀な……優れた音楽家や画家を輩出しているのは、周知の事実でしょう。管楽器を吹く男子生徒も、絵画科で風景画を描いている女子生徒も。落第生は卒業させませんからね。国も認めています。まあ、ここを閉校にして警察大学を作られそうになったこともありましたが、最終的には国も我が校の重要さを理解したのです。というわけで、我が校の音楽科の成果に疑惑の目を向けるのはやめにしましょう。賞だってたくさんとってるじゃないですか。さあ、会議を進めますよ。まだあと十二人残ってるんです。ルーキチ君についてはもういいですね。退学に決定で……」

ほかのみんなもトイレに集まってきたとき、スタースが、会議の結果なんか待たずに早くフェスに行こうと言いだした。行きたがらなかったのはツィスクとコーブリンだけだ。コーブリンは退学を恐れていたし、フランツィスクは人混みが嫌いだった。

「いいだろ、行こうぜ！」

「行ってなにすんだよ」

「ビアフェスだぞ！　タダでビールが飲めるってのに、なにするもなにもないだろ！」

「タダ酒の匂いに誘われて街じゅうから集まった二万人のアホな酔っ払いと僕らで、一緒に酒なんか飲んでもなぁ……」

「ツィスクさ、そんなに意識しなきゃいいんだよ。周りには誰もいないって思い込めばいいじゃん」

「ポケベルがスられるかもしれない状況で、意識するなったって無理だよ……」

「ナスチャは行かないのか？」

「いや、行くって……だから困ってんだ……」

「へーえ、つまり俺らの誘いはどうでもいいけど、あのバカ女のためなら行くんだな」

「ナスチャは僕の彼女だぞ」

「だからってバカ女はバカ女だね！」

地下鉄に乗ると、スタースはいつものように駅名をもじって遊んだ——「チェリー好き公園」（チェリュースキン公園）、「科学垢出る身」（科学アカデミー）、「悪夢・凍らずの広場」（ヤクプ・コーラスの広場）、「前方危険公園」（戦勝記念公園）、そして「中学行くめえ」（十月革命）駅。みんなは、ここで降りて旧市街まで歩くことにした。

フランツィスクは大規模なお祭り騒ぎを本気で恐れていた。フェスティバルとか、街の記念日とか、戦勝パレードとか。そういうとき、地元民はなるべく家から出ないようにする。人がたくさん集まればたいてい暴力沙汰が起こる。理由なんかなくても。最初に手を出すやつは、相手が自分と違う格好をしてるっていう程度のことで簡単に人を殴る。新しいスニーカーや高いリュックを身につけているだけで挑発とみなされる。一九九五年の国民投票以降、街なかでの暴力事件の件数はうなぎ登りに伸びていた。国は「売国奴」側と「偉大なるソ連帝国の復活」に投票した側に分断された。勝ったのは後者だ——以降、大陸の東のはずれにある大きな街は彼ら、無神論の正教徒たち——革命家とソ連上層部の子供や孫たちのものになった。彼らの集まる大衆行事はいつだっておきまりの乱痴気騒ぎに発展する。それは新大統領に心酔する人々にとって、日増しに強くなっていく自分たちの権力を思いきり楽しむ格好の機会だ。この街屈指の大広場は、彼らが敗者に対して、誰が勝者かを大手をふって見せつけることのできる場所だった。

ナスチャはフェスに出演する歌手にはことごとく興味がなかったが、こういうチャンスは逃しちゃいけないと思っていた——「だって、いつもはなんにもないじゃない。こんな田舎じゃ、ちっぽけなフェスでも一大イベントなの！」

ツィスクは地下鉄へ続く通路の出入口付近でナスチャを待つ約束をしていた。どこにするかずいぶん迷った末に、氷の宮殿に近い場所に決めた。空は澄み、晴れ渡っていた。

「あばよ！　せいぜいそこでバカ女を待ってんだな！　俺らは先にライヴ会場に行ってる、タダで煙草が配られてるらしいぜ」

「わかった、じゃあそこで落ち合おう」

「ステージのすぐ近くにいるからな！」

ナスチャを待ちながらフランツィスクは周りを眺め、心の内で同年代の若者たちの悪趣味なファッションをからかっていた。最初のひとしずくが顔にあたったとき、ツィスクは地下通路の目の前にいたが、すぐに雨宿りをしようとは思わなかった。水滴が降ってきたのが不思議だった。この暑さでは、雨が降るとは思えない。雲も見当たらないし、とにかく蒸し暑い。（げ、鳥のおしっこじゃん）とツィスクは思った。

その直後にもう一滴あたった。そしてまた。また。ポツ、ポツ。ポツポツポツポツ。モデラート、アレグロからたちまちプレストに変わり、一粒、また一粒とさくらんぼ大の粒が降ってくる。ツィスクが上を見上げると、空は瞬時にアスファルトのように黒く変貌していた。降りだした大雨には雹も混じっている。大地が揺れた。気温は急降下し、ガラスのような氷の欠片がばら撒かれていく。誰かが空をかち割り、氷のシャワーを撒いているみたいだ。水の賛歌が奏でられ、恐怖の音叉が響きわたる。ツィスクはあたりを見回した。「うわっ……」——四方八方から幾千の群集が排水溝に流れ込む水のように地下通路に殺到してくる。ツィスクは立ちすくみ、ぶるっと震えて身を縮めた。冷たいTシャツが体に貼りつく。スニーカーにも水が浸みてきた。すぐに動くべきだったが、目の前の光景が信じられなかった。数千人がまっすぐこちらに向かって走ってくる。南からも北からも、右からも左からも。全世界の渡り鳥が集まってくるみたいに、その付近で唯一雨宿りができる場所を求めて駆け込んでくる。手が震えた。我に返ったツィスクは道を渡ろうとしたが、遅かった——道はずらりと並んだ警官によって遮られている。車道には出られない。曇り空のような灰色の制服に身を包んだ警官たちは、戻るように指示していた。ツィスクは逃げ場を失った。もはや地下通路に向かうしかない。誰かに肩を押されたかと思うと、瞬く間に押し流された。フランツィスクは突然、自らの意に反して、地に足がついていないことに気づく。目を疑った。足が地面に届くか届かないかという状態のまま、ものすごい速さで地下鉄の入口へと押し流されていく。群集はたちまち攻撃的になっていく。もはや押されるなどというものではなく、流され、叩かれている感覚だ。乱暴に、強く。すでに命を危ぶむべき局面に達していたが、この瞬間はまだ、この揉み合いがなにに発展するのかがわからなかった。新しいスニーカーを汚されたり、財布を盗まれたりするんじゃないかと思うと気が気じゃない。だがおしりのポケットを確かめようとしても、どうがんばっても届かない。両手はともに人混みにのまれている。直後、ずっと恐れていたことが起こった。誰かがかかとを踏み、続けざまにまた踏まれた。振り向こうとしたが、それもかなわない。それから脇腹を殴られた。何度も。瞬時に恐れが頂点に達し、恐怖心に支配される。全身ずぶ濡れになった群集はただひとつの地下通路入口の周囲に集まり続けていた。人々はいまだに地下鉄入口めがけて殺到しているが、最初の数百人はすでに閉ざされた入口ドアに行く手を阻まれていた——大規模イベントが開かれるということで、この入口は安全のため閉鎖されていたのだ。圧迫がはじまった。猛獣は幾千年の眠りから目を覚まし、血が滾る目を見開いた。肉挽き器が作動した。獣は唸る。群集はひとつの塊と化した。耳をつんざく叫びが静寂を駆逐していく。最初の骨が折れた。女性とその娘が踏みつけられた。乾いた地下通路に血が流れる。そこにいた皆に同じ運命が迫っていた——死だ。地上では誰もが雨宿りのできる場所を求めていて、それはつまりこの、血に染まった閉ざされた入口付近の密度がさらに増すことを意味していた。おしくらまんじゅう、おされて泣くな。この夜催されたのは、あの楽しい子供の遊びの最終形態だろうか。半死半生の人間の頭が次々に凶悪な圧力で潰されていく。学説によると人間の骨は鉄筋コンクリートに比べて五倍の圧迫に耐えるというが、ツィスクのすぐ目の前で男の脛骨が折れていく。息が苦しい。右手首に鋭い痛みを感じたが、依然として手を引き抜くことができない。腕は誰かの体と壁に挟まれている。爪に汚れが入ってくる。動物的な生存競争が始まっていた。まだ手足を動かすことのできる者は拳をふるい、拳鍔（けんつば）やナイフを振り回した。動けない者はただただ虚しくも魚のように口をひらき、息をしようともがく。パニック状態になった脈打つ群集は、寄せては返す波のように前へ後ろへと流れる。誰もが一センチ四方でも多くの空間を勝ちとろうとしたが、もはやそれも不可能だ。誰かの頭がツィスクの喉仏を圧迫する。遠ざけることもできない。首にかけていた鍵がもぎ取られた。女性の乱れた髪が目に、鼻に、口に入ってくる。酸素が足りず、喉が苦しい。それでも背後からはさらなる人波が押し寄せてくる。あまりの痛みに腰が張り裂けそうだ。誰かが犬みたいに脛（すね）にかじりついた。ひとつの巨大な体と化した群集は自滅に向かっていく。恐怖の怪物は己の尾に噛みついた。人々は争い、もがき、のたうつ。足はずっと浮いたままだ。床まで一メートル以上はある。すべてが流れ、すべてが混ざっていく……

……ツィスクは支えが欲しくて下を見た。大理石は倒れた人で埋まっている。どうして自分の下に人がいるのかわからない。血まみれの少女の首が極度に捻じ曲がり、その右目は数倍に巨大化していた。その目がいまにもはじけて飛んできそうな気がしてツィスクはぎょっとしたが、目はそのまま命をとどめていた。異常な圧力にさらされ膨れあがったその目は、少女の人生の最期の瞬間を記憶し、叫ぶ人々の姿を映しとっていた。それはほんの一瞬の出来事だったが、フランツィスクはその大きな目が永遠に自分を見ているような気がした。その目がなにかを語りかけ、説いているように思えて、ツィスクはその瞳から目が逸らせなかったが、そのとき突然、誰かのヒールがちょうどその眼球めがけて突き刺さった。ツィスクは恐怖で目をつぶった。もう一度目を開けたとき、少女はもういなかった。ツィスクはどこか別の場所に流されていた。まるで母の胎内にいる赤ん坊のように、ツィスクは何度か寝返りを打たされた。もう、どちらが天井でどちらが床なのかもわからない。救いか破滅か、目に見えないへその緒に引かれて、ツィスクはどこかへ運ばれていく。右からも左からも、毎秒のように命がついえていく音が聞こえる。毎回毎回、同じような鈍い音を――アルミ風船に針を突き刺したような音をたてて。ツィスクはずっと黙っていたが、不意に、もしかしたらほんの数メートル先に大好きなナスチャが苦しみもがいているかもしれないと気づき、叫んだ――「ナスチャ！　ナスチャ！　どこだ？　ナスチャ！」すぐに何者かがその声に反応し、ツィスクはこめかみを殴られた。叫んでいたのはツィスクだけではなかった。誰もが大声をあげていた。あまりの音で、誰も自分の声が聞こえなくなるほどに。それでも皆、より大きな声を出そうとした。その半数はすでに聴力を失っていた。争いと同じく、それぞれが力の限りに叫んだ。

「痛ぇ！」

「手をどけろ！」

「やめろ！」

「なにするの！」

「チクショウ！」

「クソ！」

「助けて！」

「誰か……」

フランツィスクは両腕を上げ通路の天井に突っ張った。割れた爪の間に漆喰が入り込む。不気味な力がなおもツィスクを人の沼の奥深くへと引きずり込もうとしていた。感じたことのない、わけのわからない、未知なる暗黒の淀んだ力が、もうほとんど空気の残っていない場所へと導く。酸素は底をつき、空調も意味をなさない。少年や少女たちは一人また一人と意識を失ってゆき、さっきまで生死をかけて戦っていた存在が、人を圧死させる皮肉な塊へと変化していく……


……数分のうちに、通路は溢れかえった排水溝のようになった。目詰まりした人間たちをどう取り除くかは詰め込まれながら考えなくてはいけなかった。ようやくなにが起きているのかを悟った階段の上の人々は、なだれ込んでくる幾千の群集に向かって指示を出そうとした。

「入るな！　だめだ！　中は危ない！」

しかし人々は押し寄せ続けた。雨に濡れた人々は笑いながら雨宿りをしようと駆け込んでくる。防波堤に打ちつける波のように、人波はなおも流れ込む。止めようとする人々の手を押しのけ、地下鉄の入口を目指す。その入口のガラス扉の向こうに警官がいた。警官は天井付近でうごめく体を眺め、恐怖で一歩も動けなかった。曇り空のような灰色の制服を着たその男は死を見つめながら、泣きだした券売係に向かって、魔法にかかったようにただひとつの言葉だけを繰り返していた――「やべえよ……」

警官はフランツィスクを見た。ガラス扉に押し付けられている、どこにでもいる思春期の少年。少年の頭蓋骨は、いまにも破裂しそうだ。数十の人体でできた重苦しい服を着せられた少年が、意識を失ったのか、死んだのか、警官にはわからなかった。警官はまた呟いた――「やべえよ……」

警官は我に返ると両手で無線機を握りしめ「おそらく、救援が必要です……」と連絡した。彼は上官の返事を聞きとろうとしたが、その声は背骨が割れる音と想像を絶する叫び声にかき消されてしまった……

……群集が静まったとき、その狭い通路には約五百もの体が集まっていた。血まみれの、息のない体。ひしめく人体。誰かが最初の救急車を呼んでるあいだに、別の誰かが重なる体を選り分け、まだ息のある人を助けようとした。またある者はそのとき、助けるふりをして時計や装飾品を盗んでいた。まさに火事場泥棒である。そうこうしているあいだにもさらに別の人がほかの人に状況を説明していた。とんでもないことになった、とにかく大勢がここへ殺到したっていうのに、役立たずの警察が入口を閉鎖して誰も中へ入れなかったらしい、とか、聖堂のある道の向こうの入口からも人が流れ込んだもんだから、いったい何千人がこの狭い通路に押し寄せたのかわからない、とか、クソビッチがハイヒールなんか履いて滑りやすい大理石の床で転んだせいでみんな転んで将棋倒しになったんだ、とか……

ナスチャは待ち合わせに遅れてきた。それもかなり。コーディネートに合うトップスがなかなか見つからなかった。ひとつは下着があからさまに透けてしまうし、もうひとつはいつのまにか毛玉ができていた。ようやく待ち合わせ場所に到着し地下通路に入ろうとしたもののどこも封鎖されており、そこらじゅうで救急車のサイレンが響いていた。走り回る人々もいれば、どういうわけか涙を流す女性もいる。声をあげて泣く男もいた。きっとライヴが終わったのね、とナスチャは思った。それで、またバカな反体制派がなにか騒動を起こしたんだ。あの人たち、いつだって不平不満ばっかり言ってるんだから。こんなに警察が出てくるのは、自由化デモの集会のときだけだ。ナスチャは一人の警官に歩み寄り、通路に降りたいこと、デートの待ち合わせをしていることを伝えようとした……

警官の返した乱暴な言葉にナスチャは面食らい、顔を赤らめた。学校一の美人と評判の彼女は、そんな態度を取られることに慣れていなかった。（失礼ね）とナスチャは思い、その場を離れた。悔しくて涙がにじんだ。あまりのショックで、すぐそばを担架に乗せられたツィスクが運ばれていったことにさえ気づかなかった。

その夜、首都の電話回線はパンク寸前だった。街はどよめき、騒然としていた。数えきれないほど同じ質問が繰り返される――

「お宅のお子さんはどう、行ってた？」

「ううん、うちの子は家にいたわ」

「うちもよ」

「周りに行った子は？」

「さいわい、いないみたい」


街じゅうが、なにかが起きたと騒いでいたが、具体的になにが起きたのかはわからなかった。ライヴ中に天井か二階席が崩落したのだと言う人もいれば、地下鉄で衝突事故が起きたんじゃないかと推測する人もいた。大規模な乱闘騒ぎが起きたと言う人もいれば、爆発物だと主張する人もいた。確かなのは、かの呪われた旧市街のあたりで大惨事が起きたということだけだった。


「娘さんたちは帰った？」

「いいえ……」

「病院に電話しなさい！」

「病院？　え？　どこかで遊んでるだけでしょ、確かライヴに行くとか言ってたし……」

「いいから早く電話しなさい、病院に！」

「そんなこと言ったって、どこの病院に電話すればいいのよ」

「どこでもいいから！」

フランツィスクの母が事件を知ったのは次の朝だった。ちょうど女友達と一緒に、若き日を思い出そうと言い合って海へ旅行に出かけていたのだ。だいぶ昔にバルト海沿岸の地に嫁いだ同級生の家に泊まり、夜は長々とレストランで食事を楽しんだ。翌朝、ツィスクの祖母がようやく電話回線を勝ちとって電話をかけてくるより前に、女友達の夫が皆をパソコンの前に呼び、画面を指差して「たいへんだ」と言った。ツィスクの母はわけもわからず微笑んで女友達に目を向けたあと、見出しを飛ばして本文を読みはじめた。

「前代未聞の大惨事……地下通路で起こった大規模な群集圧迫事故により……五十名以上が死亡し……約三百名が重傷……」

ツィスクの母は女友達を見やり、ちらりと電話に目を向け、聞き取りづらい早口で続けた。

「事件のきっかけとなったのは不幸にもちょうど運動公園で催されていたイベントが……終わる夜八時ごろに重なった……突然の大雨でした……。このイベントでは煙草のキャンペーンやビールの試飲がおこなわれ……」母は早く本題に到達するよう、ひっきりなしに言葉を飲み込みながら読んだ。「数千人が集まり……そのほとんどがまだ年端もいかない少年少女たちでした。雷が鳴り雨が降り始めたとき、地下鉄の駅周辺にいた人々は……雨宿りをしようと地下通路に殺到し、その通路で押し合いが発生。酒の回った群集は地下通路から上がってこようとする人々を地下へと押し戻し、誰かが大理石の床で滑り、最初の血が流れました。その血でさらに誰かが滑り、周囲が巻き込まれ、倒れた者は踏まれました。雨脚が強まると、雨宿りをしようとする人々がいっそう押し寄せ、大聖堂と公共交通機関の停留所がある道の反対側からも……大勢が詰めかけました。その大半はやはりお祭りイベントに集まった、活気に溢れた人々でした。そのため……響いてくる絶叫さえも楽しそうな歓声に聞こえたといいます。さらに大聖堂の側からも雨宿りの場所を求める人々が通路に押しかけ、通路は異常なまでの混雑となりました。歓声に苦しみの絶叫が混ざり、人々は次々に倒れ、詰めかけた人々の下敷きとなり、瞬く間に長さ百メートルほどの狭い通路は二千名以上もの人々で溢れかえりました。まさに超過密の状態が発生し、現場近くに居合わせた人によると、地下からは鈍いうなりが響き、地面が揺れていたといいます。

付近の第一、第二、第三病院の集中治療室は即座に飽和状態となりました。運び込まれた負傷者は第二病院だけでも六十名以上にのぼっており……搬送された人々の大半に脳震盪（のうしんとう）、頭蓋底骨折、胸部圧迫骨折、手足の骨折が認められています。事故の犠牲者はほとんどが十三歳から十七歳の少年少女でした。最新の情報によると死者は五十四名、百名以上が負傷し、その一部は現在重体となっております。以上。記者オレグ・ベー……うちに電話させて！」母はバルト海に響きわたる大声で叫んだ。

九時間後、フランツィスクの母は第一病院の待合室にいた。ツィスクの祖母に迎えられ、二人は泣いた。ツィスクが生きていると知っていたからこそ、声をたてて泣いた。子供の死を知らされた母親たちは二人とは違い、静かに、謝るように涙を流した。ツィスクの祖母はひっきりなしになにか言っていたが、母にはまったく聞こえていなかった。母はしきりに、なにが起こったのか、どうなったのかを尋ねた。祖母も同じような状態だったが、口から出てくるのは、ツィスクは学校を退学になったけど、これでもう、きっと、必ず、学校に戻れるという話ばかりだった。医者が姿を現しても、二人はそれぞれ独り言のように同じ言葉をひたすら繰り返した。

「ルーキチ君の親族のかたですか」

「はい……」

「あたしはあの子のばあちゃんだよ」

「お父さんは？」

「いません」

「電話してください、すぐ来るように」

「いえ、元々いないんです。それで、あの子は？」

「厳しい容体が続いています、昏睡状態で……」

「昏睡？　昏睡ってどういうことですか？　いえつまり、なぜそんなことに？」

「将棋倒しです、ええ、おそらく、お子さんは例の将棋倒しの事故に遭われたようです。事故当時はまったく酸素がない状態でした。ええ。酸素の欠乏により脳の血流が滞り……」

「それで、どうなるんですか」

「経過を見ることになりますね、ええ」

「お見舞いにはきてもいいんだろう。治るんだね？」

「いずれご説明します」

「待っとくれ、いずれってどういうことだ」

「つまりですね……」


医者は三十分ほどかけて母と祖母に、この状態があとどのくらい続くのかわからないと説明した。近日中にわかるでしょう。いまあれこれ考えても仕方のないことです。ええ……

それから二人に訊かれ、個室はいまのところ必要がない、と答えた――患者は居心地などわからない状態なのだから。

「ええ、お子さんはいま、病室だろうと廊下だろうと、どこで寝ていようと同じです。個室が必要な患者はもっとほかにいます。もちろんお子さんもそのうち病室に移しますよ、ええ、個室も可能でしょう、興味深いケースですから、ええ、国としてもむろん経過を観察する必要があるでしょう。こういった場合、国の関心はたいへん重要です。むしろそれがすべてを決めると言ってもいい。しかしこんな話はいまの段階ではまだ早い。数分か数時間のうちに容体が急変するおそれもあります。いま悩むべきことはありません、ええ。今後のことにつきましては のちほど改めてご相談させていただきます。いずれ個室に入ることもできるかもしれませんが、もちろん追加料金がかかります。病床が足りないんですよ。ええ。完全に満室状態です。しかし繰り返すようですが、こんな話はまだ早い」

医者はあれこれと事務的な質問に答え、どのような手続きをする必要があり、どんな薬が必要になってくるかを話したが、そのたびに、こんな話をするのはまだ早いと付け加えた。まだ早い。医者は、フランツィスクはもちろん国からの補助を受けることができるが、それでカバーできない部分も出てくるだろう、とも言った。しかしそんな話をするのはもちろん、まだ早い。医者は看護師についても話し、最大限の努力をし最善の手立てを尽くすと約束したが、快復の見込みはと訊かれると黙ってしまった。


三週間が過ぎた。患者は依然として昏睡状態のままだ。すべての医療機器はきちんと動き、フランツィスクは目を閉じている。その様子からは希望がありそうに思われたが、医者は無愛想にはっきりと、もはやいかなる快復の望みもないと言い切った。

「あらゆる検査と処置により手を尽くしましたが、間違いなく、今後もずっとこのままの状態が続くと思われます。ええ。お孫さんは、世間一般で植物状態といわれる状況です、ええ。あまり良くない言い方で申し訳ありませんが、あえて言うのはきちんとわかっていただきたいからです、ええ。私はものごとを現実的に考えるたちでして、はっきりさせておきたいんです。今後の手順をスムーズにするためにも。実は、お話がありまして。現在の状況は明らかです、ええ。快復の見込みはありません。諸々の器官はまったく健康で、何年もこのままの状態が続く可能性もありますが、だからといって脳は蘇生しません。お孫さんにはお祖母（ばあ）さんの声も聞こえていないし、なにもわかりません。いくらお孫さんに話しかけても、それが慰めになるのはあなた自身だけです、ええ。もしそうしたいと思うならですけどね。ただ、自己欺瞞など虚しいだけです。それよりこうしましょう。なるべく早く、お孫さんはもう戻らないという事実を受け入れてください。早ければ早いほど、元の生活に戻りやすくなります。乗り越えなければいけないこともあるのです。家族を失う人はたくさんいます。まあ私はカウンセラーではないのでこれ以上は言いませんが。ただ、ひとつだけ提案があります。これに関しては万全の態勢が整っているとは言いがたくともそれなりに進歩してきた分野でして、つまり私が言いたいのは、お孫さんの器官が誰かのために役に立つかもしれないんです。なにを言っているかわかりますか？　心臓や腎臓を何年も待っている人たちがいて、彼らはいつ亡くなってもおかしくない。わかりますか。お孫さんはもう戻らないけれど、誰かを助けることはできる。もちろん、お金になるわけではないということは先に申しあげておきましょう。完全なる慈善行為ですが、それは病院としても同じです。提供していただいた器官は売るわけでもなければ病院に保管するわけでもありません。よくいるんですよ、病院側がいただいた器官を保管して、後々それで一儲けしようとしてると思われるかたが。しかしそれはまったくの誤解です、ええ。私が言いたいのはつまり、お孫さんはもう治らないということと、まあそれなら誰かを助けたほうがいいんじゃないかということです」

「ちょ、ちょっと待っとくれ！　いったいなんの話をしてるんだ。その前に、こっちの話も聞きなさい。いま聞いた感じでは、百万分の一くらいの可能性はあるんだね？」

「ありません」

「じゃあ、一千万分の一なら？」

「ありません」

「じゃあ、千兆分の一なら？」

「ここで私が『あります』と言ったとしても、意味がありません。あると言うこともできますよ、でもそれは、そのような可能性は医学の範疇（はんちゅう）の外にあるから、というだけのことです。我々が把握できないわずかな可能性は常に存在しています。まだ解明していないことや、わからないことは必ずある。けれどもそれは非常にわずかな可能性です、わかりますか？　わずか一パーセントです、ええ。でもその可能性は医学の範疇の外にあるんです、いいですか？」

「ということは、やっぱりチャンスはあるんだね」

「お祖母さん、ちゃんと聞いてましたか？　周りをよく見てください！　ここはおとぎの国じゃないんです。ひょっとして、魔法使いや妖精が見えてるんですか？　それとも私は壁とでも話してたっていうんですか？　映画の世界とは違うんです。こんな言い方をしてすみませんが、そろそろいいかげんにしていただきたいんでね、これは現実なんです。お孫さんは亡くなったんです、亡くなったって、おわかりですか。わかってください。亡くなったんです。わからないなら言い方を変えますが、死んだんですよ！　もういないんです。お孫さんの脳はもう二度と動かないんです、二度と。聞いてますか？」

「ひとこと言わせとくれ……――黙っといてくれ！」

フランツィスクの祖母は旧友のつてをたどり、個室と再検査の権利を確保した。数週間にわたり、この国屈指の優秀な医者たちが著名な翻訳家の孫を診察した。すべての医者が、根本的な容体の改善は不可能と診断した。もちろん、奇跡でも起これば別ですが……長い歴史のなかには、魔法としか思えないような快復の事例もあります……私ども医者はむろん、たとえばどこそこでのこういう事例、またはこういう事例といった形で、昏睡状態から快復した例があるというのは存じております。しかし、今回はそうではありません。ええ、ほかの医師からも聞きました、あなたがひどくショックを受けておられると。私どももわずかでも希望があれば、十億分の一パーセントでもあればと思ったのですが、それもありません。エリヴィーラさん。お孫さんは事実上、亡くなっています。

この国の神経外科学の第一人者であるノーラおばさんさえ、フランツィスクはもう戻らないと主張した。

「あのね、エーリャ（エリヴィーラの愛称）。確かに昏睡状態から快復した例はあるけど、それはまったく別の病気の経過があってのことなの。そもそも昏睡状態ってどういうことかわかる？　昏睡、急性かつ重度の意識障害よ、そうよね？　まず昏睡の特徴として挙げられるのは、中枢神経の破壊とともに起こる意識の喪失と、外部からの刺激に対する無反応で、呼吸や血液循環そのほか生命維持に欠かせない器官の活動が次第に困難になっていくの。狭義では、のちのち間違いなく脳死に至るような深昏睡を指すんだけど、ツィスク君の場合すでにこの状態になってしまってる。もうだめなのよ、エーリャ。脳が死んでしまったら終わりなの。ああ、ぜんぜん聞いてないじゃない。あんたとあたしの仲だもの、ずっとほんとうのことを言ってきたでしょう。あたしも、夫のヨシフも。ツィスク君を治すのは、どうしたって不可能なの。こんな話、そりゃあつらいのはわかるわ。だけど、これだけたくさんの医者がそろって誤診するはずがないでしょう。私もほかの医者も間違ってない。ほんとうにどうしようもないのよ……。耐えて、乗り越えなきゃいけないの。よく考えて。生命維持がどうしても必要なのかどうか。私が話をつけてあげるから、そうすれば……」

「バカ言うんじゃないよ！」不意に夢から覚めでもしたように、祖母は言葉を遮った。「ぜんぶもう読んだんだからね！」

「ぜんぶって、ほんとに？」

「そうさ、医学事典を片っ端から。少なくとも、うちにあったのはぜんぶ。うちの本のなかで、こういう事例について書いてある本は残らず。部分的に、文章や段落だけ読んだのもあるけど……。それでわかったのは、チャンスはあるってことだ。あんたたち医者が家族に、患者さんの脳はもう動いてませんって言ったのに、動いてた例はたくさんある。いいかい、動いてたんだよ。その医者たちだって同じように自信満々だった。べつにあんたらを非難したいわけじゃない、ここよりずっと進んだ医療設備のあるヨーロッパの権威ある医者だって、やっぱり自信を持ってそう主張した。みんな、患者さんはもう助かりません、植物だか野菜だか果物だか、医者がこういうとき使う言い回しで、安楽死を選ぶように勧めたけど、患者は目を覚ました。あらゆる予想に反して。あらゆる医者にも状況にも論理にも反して！　しかもだよ、昏睡状態に陥る前の患者の知能が優れて発達していた場合、助かる可能性が高くなるって話も読んだ。あの子はとっても賢かった。怠けてはいたけど、いいかい、すごくすごく賢い子だった！　本もたくさん読んでたし、映画も一緒にいっぱい観た。膨大な量のオペラも観てた。先生たちもみんなそう言ってた。あの子を退学させようとした先生でさえ、あの子が賢いってことは認めてたんだ！」

「それは単なる仮説に過ぎないのよ、エーリャ。それに、比較できる問題じゃないわ。個別のケースによって違うんだから……。状況が全然違う。そういうのは、まったく別の環境とまったく別の患者さんたちの話なの。そう、運よく助かった人もいたし、奇跡だって言われた事例もある。でも今回のケースはそうじゃないの」

「でも、安楽死させたほうが良くなるわけでもなければ、あたしがあの子に話しかけたからといって悪くなるわけでもないだろう？」

「そりゃあそうよ。でも良くもならないの！　エーリャ。わかってる、とってもつらいでしょう。でもがんばって話を聞いてほしいの。こっちを見て。いったんぜんぶ忘れて、冷静になってみて。一瞬でいいから耳を傾けて。聞いてる？　エーリャは奇跡的な生還を描いた映画をたくさん観たのかもしれない、でも、何度も言ってるように、やっぱりこれはそういうケースじゃない。フランツィスク君はもう治らない。まったく可能性がないの。もう元気になることはなくて、この病棟にしかいられない。今後は悪くなるだけ。家に連れて帰ることもできないし、もし万が一許可が出たとして、じきに医者に厭われるようになる。この国がどういう国かわかってる？　生きてる健康な国民さえ邪険にされるのに、昏睡状態の患者になんて、あなた以外、誰も興味を持ってないの。誰も。少しでも快復の見込みがあるなら、医者も治そうとするわよ。博士の学位が欲しい医者はいくらでもいるんだから。そんなチャンスがあれば、みんなこぞって助けようとするはずでしょう。だけど、もう一度言うけど、これはそういうケースじゃない。いかなるチャンスもないの。ツィスク君はずっとこのままで、決して良くならない。医者もあなたも、時間をとられるだけ。ツィスク君だって、それだけ多くの人に迷惑をかけたくないはずよ。あなたはなるべく早く決断して、新たな人生を始めなきゃいけない」

「わかった、考えてみるよ」

祖母は一晩かけて考えた。ツィスクのいない人生を思い描こうとしたが、できなかった。世の中にはどうしたって想像できないものごとがある。生や、幸福や、死だ……

（ツィスクの部屋が、からっぽになる。冷蔵庫も、いまと同じでからっぽのまま。洗濯カゴに汚れた服が放り込まれることもない。だめだ、ありえない。無理だ、そんなの、耐えられるわけがない。あの子はあたしがいなくたって生きていけるだろう、まだすべてはこれからで、生きる意味だってこれから探すんだから。でもあたしの人生にはあの子以外の意味なんてない。だめだ。あの子がいなきゃ、生きていけるわけがない……）

祖母は追加料金を払い、孫のとなりに専用の寝台を置いてもらった。「心ばかり」の謹呈のおかげで、病院からは目をつぶってもらえた。はじめの数週間、祖母は自分のいびきで孫がうるさがるんじゃないかと心配していたが、次第に慣れて考えなくなった。やることは山ほどある。祖母はひっきりなしになにかを思いつき、計画し、実行していた。診察や治療を頼み、人を呼んだ。その奔走の挙句、数日のあいだに病院じゅうから疎まれるようになっていた。医者はただでさえ仕事量の多さに疲弊していて、煩わしい手間が増えるのを望む者はない。おまけに彼女はよくいる親族の例に漏れず、いつも医者の仕事に首を突っ込んだ。翻訳を生業とする祖母は常に、医師たちが膨大な数のミスや見落としや間違いをしているような気がしていた。医者が怠慢で無関心で浅はかで目先のことしか考えていないと感じ、苛々(いらいら)した。しかも、祖母が思うに医者は、ツィスクにはもっと総合的な処置が必要だということを理解していない。(もし一刻も早く快復させたい、早く自分の足で立てるようにさせたいと思うなら、すべての処置を適切なタイミングでおこなわなきゃいけないし、それだけじゃなく、もっとたくさん話しかけなきゃいけないのに!)

その理念を自ら実行するため、祖母は絶えずツィスクに話しかけたり、説明したり、尋ねたりした。何日かかけてナスチャの電話番号を突きとめ、病院に呼んだ。遠慮せず話せるように、ひとりきりで。

事故の前にフランツィスクとナスチャがつきあっていたのは、三週間にも満たない十八日間だったが、思春期の少年少女はその日々を永遠にも感じていた。病院に向かいながらナスチャは、もうツィスクへの気持ちは冷めているし、エリヴィーラおばあさんからの電話がなければ元彼のことなど思い出しもしなかったかもしれない、と考えてみた。けれども同時に、大当たりを引き当てたような気分でもあった。みんながあの事件の関係者になりたがって、死んだ人のなかに知人がいないだろうか、負傷した友人はいないだろうかと探している。街じゅうの人々が口をそろえて、もう少しで自分も危うく事件に巻き込まれるところだったと親戚に伝えている。そうやって事故との関わりをでっちあげる人たちとは違い、彼女はほんとうに関係者だった。事故の悲劇をうったえるべきは、あんな人たちじゃない。ナスチャだ。ほかでもない自分の彼氏が群集事故の被害者なのだし、ナスチャ本人もすんでのところで事故に遭うところだったと言っても過言ではない。これほど貴重な体験は、きっとなにかの役に立つはずだ。

病室には誰もいなかった。ナスチャは温かい椅子に腰をおろした。椅子はぎしりと音をたてる。フランツィスクにはあまり触れないほうがいいだろうと考え、ただ見つめて、挨拶をした。それからもう一度あたりを眺めまわした。病室は寒々しく、素っ気ない。（これじゃ、学校の教室に寝てるのと同じじゃないの。外国の映画で見たのとは違うんだ）。ナスチャはその病室にがっかりした。もっとなにかこう清潔感があって、ドキドキするような場所なのかと思っていたし、ツィスクは医療機器に囲まれて、たくさんのコードや管を取りつけられているのだろうと予測していたのに、そんなものはない。彼女は、映画とは似ても似つかないな、と考えた。もっともナスチャは悲劇のヒロインにはいまいちふさわしくない。それは自分でもわかっていた。（せめてもう少しお洒落してくればよかった）と、彼女は考える。（なにもかも、いまひとつすぎる）。カーディガンのおなかまわりにはシワがよっているし、肩にはいつのまにかフケがついている。そのフケがあまりに多くて彼女はぎょっとし、（代謝が変わったか、フケ菌でも感染ったのかしら。両方だったらどうしよう）と考える。それでも、とうとう意を決して、話しだした。

「これといって話すこともないんだけどさ。夏休みだし、ヴィーチカは海に旅行に行っちゃった。一緒に行きたかったけど、親に『高いし、行ったら練習できない』って反対されて。楽器ってたいへんなんだね。バイオリンを持って外国に行くには、バイオリンの写真を撮って、バイオリンのパスポートを作んなきゃいけないんだって。まさか化粧品のパスポートも必要なんじゃないでしょうね、って言ってやったけど。まずそれがムカついたこと。あ、ムカついたっていえば、いま新しい協奏曲の練習してるんだけど、それがめっちゃムカつく曲なの。フラジオレットの重音奏法がひたすら続くし、六十四分音符ばっかり。超絶ムカつく。なに考えてあんな曲作ったんだろう。あの時代はテレビもないから退屈すぎて頭がおかしくなっちゃって、できるだけ難しい曲を作ろうとしたとしか思えない。ブールカに『この曲ムカつくから違う曲にしようよ』って言ってみたんだけど、こんなのまだいいほうで、そのうちもっとムカつく曲が出てくるのよって言われちゃった。そんな感じ。あとなんかあったっけ。今日のテレビは特に面白い番組やってなかったな。今朝二時間くらいチャンネル替えながら見てたけど、くだらない番組ばっかり。音楽チャンネルはうち契約してないし。親がケチでさ、入ってくれないの。高いとか言って。いつもそう。なに頼んでも、高い高いばっかり。お手上げー。でさ、しょうがないから学校の課題図書でも読もうと思ったんだけど、どれもこれも長すぎてムカつくじゃん。あらすじだけ読んでるんだけど、わけわかんないしつまんないし。ていうかツィスクがそうやって寝てんの、なんか変なの。ヴィーチカが生物の先生から聞いた話だと、ツィスクの状態は、もう死んでるようなものなんだって。でもさ、こうやって見てる限りでは、ツィスク、息してるじゃん。声も聞こえてるの？　聞こえてたら、手を振るとか、なんでもいいから合図してくれないかな。なんかできない？　できないか……じゃあしょうがないけど。あのさ、話があるんだよね。ツィスクがそうやって寝たまんまってことは、私たち、このままつきあうってのも変でしょ。まあ正直言うと私はもう、つきあってるとは思ってないんだ。つまり私たちは、あれをきっかけに別れたって感じでいいんだと思う。ツィスクもそう思うでしょ、だってデートもできないし、映画にもナイトクラブにも行けない。そういえば、ツィスクのせいでクラブに行く予定もなくなっちゃった。ツィスクのせいで中止になったこと、いっぱいあるんだよ。試験とかもぜんぶ。それで、今学期は平常点だけで成績つけちゃったの。ぜったい間違ってるよね。先生たちもツィスクがどうなるかわかんなかったから、追悼の式典とかいろいろ計画しててさ。みんなけっこうショック受けてて、でもそれも中止になったし。ぜんぶテキトーにごまかして、平常点で成績つけたの。だからそのせいでツィスクに怒ってる人もけっこういるんだよ。アレクセーエフとブラークは『五』がとりたかったのに、ツィスクのせいで『四』

になっちゃったって。そんな感じ。まあ私はべつに今学期成績が危ない科目はなかったから、どっちでもいいんだけど。でさ。私たちが別れたって話の続きだけど、コーブリンが二回くらい電話くれて……わりと盛りあがったんだよね。私の髪がきれいだって言ってた。あいつ、もともとイケてるじゃん。前からいいなって思ってたんだ……言わなかったけど。だってツィスクが嫌な気持ちになるだろうし……二人は友達っていうか、つるんでたじゃん。でもそれでこれからはたぶんコーブリンとどっか行ったりしてみようかなって思ってる。ツィスクも文句ないでしょ？　まあ文句があるって言われても困るけど。雑誌の『お悩み相談コーナー』の投稿でいまの状況を説明して、どうしたらいいですかって訊いてみたんだ。まだ載ってないけど、でもどっちにしてもコーブリンとデートくらいしてみるつもり。もしツィスクが元気になって、またデートできるようになったら、コーブリンとは別れるからさ。でも、いまのツィスクとつきあうって、なんか変だと思うの。あ、言い忘れてたけど、コーブリンにアルバムもらったんだ。写真が百枚入る、きれいなアルバム。そんな感じ……。あとなんかいいことあったかな。ないか。まあ、だいたいのことはうまくいってる。ほんと、将棋倒しに遭わなくてよかった。デートに遅刻してよかった。そうでしょ？　ツィスクもそう思うよね……あのとき、雨も降って……。私がいつもいつも遅刻ばっかりするってツィスクは文句言ってたけど、でもこんなこともあるじゃん。あの日遅刻したのは大正解だったってことでしょ。これからはどこに行くにも、わざと遅刻しようっと。少なくとも十分か二十分くらいは。そうじゃなかったら、私もいまツィスクと一緒に、この病室に寝かされてたかもしれない。あ、女子と男子は同じ病室にならないのかな。まあいいや……。じゃあ、そろそろ帰るね。そうそう、ほら、お見舞いに食べ物いろいろ持ってきたんだ。ジュースとかオレンジとか、学校で持たされたの、お見舞いといえばって感じで。まるで法律で決まってるみたいだよね、入院イコール学校としては必ず果物かなにか、ツィスクが食堂で食べ損ねたぶんを差し入れしなきゃいけない、みたいな。じゃあ帰るよ、いい？　またね。元気になってね！」

　ナスチャが帰ったあと、祖母が来た。再び。着古した上着を椅子の背にかけ、病室の掃除にとりかかる。床、ベッド、床頭台。椅子を雑巾で拭きながら、初老の彼女はふと改めて友人の言葉を思い出す。（安楽死……変な言葉だ……安楽、死……。安楽死なんて、人間に用いていい言葉だろうか。犬やなんかに使う言葉じゃないんだろうか……）。嫌な気持ちを振り払うため、祖母はなかば無意識にフランツィスクに向かい、彼と同名の偉人の話をはじめていた。

「そういえば、フランツィスク・ルキーチ・スコリナの信教については、いまだに論争が絶えないんだよ。正教か、カトリックか、プロテスタントか。いくつも説があってね。最近、ある学派がカトリックじゃないかって主張してるのを読んで、個人的には説得力がある気がした。なんでかって？　そうだねえ……、第一に、一五一七年から一五一九年までの間にフランツィスク・スコリナが印刷した本のなかには、正教の聖典には含まれない本がいくつかあって、それがソロモン王の『箴言（しんげん）』や『雅歌』なわけだ。これはかなり有力な論拠だと思うね。しかもスコリナが印刷した本は『異端的かつローマの支配地域において書かれた』本として焼かれ、彼自身もカトリックとして追放された。ということは、もはやカトリック説を疑う余地なんかなさそうに思えるだろうけど、ところがどっこい、あるんだ。なんと、推理小説さながらの展開が！　スコリナが正教徒だった可能性もほんとうに残されてる。しかもこの説にもかなりの論拠と事実がある。まず、スコリナの街にはカトリックの教会はなかったから、赤ん坊のときにカトリックの洗礼を受けた可能性は低い。確かにそうだろう。次に、旧約聖書の『詩篇』を印刷する際、スコリナは正教会の伝統に従って二十の坐誦経に分割しているが、西欧のキリスト教ではこういう分け方はしない。だからこれも、正教徒説の論拠になる。それから『旅携帯書』のなかの『聖致命者伝』においては、正教の暦法に従うだけじゃなく、正教会の聖人であるキエフのフェオドシーとアントニーの忌日を入れてるんだ。おまけに聖人の表記は、ところどころスラヴ風の俗称になっている――『ラリオン』に『オレーナ』に『ナジェージダ』って具合にね。でもこれで終わりじゃない。彼の書いたもののなかには、直接的な言及――『おお神よ、正教徒による聖なる正教の信心を永遠に祝福したまえ！』という一文もある。こうなってくると、かの最初の印刷者は正教徒だったという説が確実になってきたかに思える。ところがところが、またしてもそうじゃない。もうひとつ別の説もある！　スコリナはフス派、すなわち宗教改革の先駆けの運動と関わりがあったんじゃないかと主張する学者もいるんだ。少なくとも、十六世紀当時の改革者たちは、スコリナを盟友とみなしていたらしい。実際、スコリナをプロテスタントとして挙げている資料もあるらしいが、あたしにはそこまで詳しいことはわからないけどね……」

祖母は雑巾を絞り、深いため息をついてフランツィスクのかたわらに座った。孫を見つめ、改めて自分にはこの子しかいないんだと思い知る。一切、誰も。両親は数年前に亡くなっていた。母は老衰で、父は動脈硬化で。ただひとりの兄は母より一年前に他界した。娘とはほとんど会話もなく、夫は近所の女のところに転がり込んでいる。

だからもう何年も、フランツィスクの祖母はひとりきりで暮らしていた。祖母の歌を作るとしたら、物悲しく静かでゆっくりとした短調の、秋の似合う歌になるだろう。はじめのうちは誰かとまたつきあってみようかともしてみたがじきにやめ、孤独に慣れていった。祖母は、孤独な女が当時みんな諳(そら)んじていた詩を呟いた──「ねえ来て、愛しい人、ここへ来て、孤独になるなって言ってほしい。ここへ来て、わたしを連れ出して……。のろまな時計の針を急がせて、作り話なんか考えもせず、わたしはもう、あなたを許したの。すべてはいつも、わたしの夢のなか、ずっと前から夢みていたの──慎重で力強い腕の十字架に、磔(はりつけ)になることを……」(ロベルト・ロジジェストヴェンスキー)。祖母はこの詩をよく覚えていた。いつだったか、国際女性デーのお祝いに、フランツィスクが読んでくれたから。

ツィスクが生まれたとき、祖母はこれからの余生は孫に捧げようと決意し、実際その通りになった。空いた時間は、いない父親の代わりを担うように、すべてツィスクに費やした。甘やかしたり叱ったり、言いきかせたりしながら。怒ったり許したりしながら。祖母は夢みていた。

ツィスクがいつか有名なチェロ奏者になり世界的に名を馳せて、もちろん祖母を大きなコンサートに招待してくれるのを。名声を得てもばあちゃんを忘れず、おろそかにしないことを。(この子はサインをねだられ、CDが発売される。有名になるんだ!)でも、ならなかった。音楽家になる夢はあきらめるしかない。なにもかもあきらめるしかない。ただひとつの希望は、生きることだ。たとえ昏睡状態でも、ごくふつうのありふれた、どこにでもある生活の営みに、少しでも近づくように……

気象予報士は一立方メートルあたりの空気に含まれる湿度を調査し、それと同じくらい規則正しく、祖母は毎日通い続けた。職場に通ったり、家に帰ったりするみたいに。おおよそ国の援助というものは(ついでに看護師も)あてにならない、という思いが日増しに強くなる。ツィスクを助けることができるのは、親しい人だけなのだろう。祖母は毎日、病室に入るたび、まだ話したことのない面白い話や空想やおとぎ話を語る。ツィスクくらいの年頃の少年たちは仲間内で日常的に面白い小話を披露し合うものだろうと考え、友達がそばにいなくとも、できるだけその習慣を壊さないよう努めてもいた。

「あのね、昨日ノーラおばさんが話してくれた小話なんだけど――大統領のもとに補佐が来て、おそるおそる近づいて、『大統領、ようやく出国できます』って言った。大統領が驚いて『ほんとかね。で、どこへ?』って訊くと、『ハーグでございます!』って補佐は答えた、って話(ハーグには国際司法裁判所がある)。笑っちゃうでしょ」

フランツィスクは返事をせず、祖母は寂しげに微笑んで日課にとりかかる。掃除、アイロンがけ、看護師たちとの口論。床や窓辺や窓の雑巾がけ。そうして数週間のうちに事実上病室に引っ越してしまったことにも、自分では気づいていなかった。祖母は本やアルバムや歯ブラシ、肩掛けやタオルやドライヤーを持ち込んだ。ずっと昔に父から譲り受けた部屋を住みやすくアレンジしたのと同じように、病室の一角に居住空間を作っていく。常にどこかを磨いたり掃除したり、最適な置き場所を選んで物を移動させたりしながら。祖母はかたときもじっとしていなかった。少しでもいいから動いていたくて、小物や家具を取り替えたりサイズを測ったり置き直したりしていく。多くの医者は祖母をツィスクの母と勘違いするようになった。娘は——ツィスクの実の母は、日毎（ひごと）にあまり来なくなっていたから。

掃除を終えると、祖母はフランツィスクのそばに腰をおろし、家から持ってきたラジカセのスイッチを入れる。

「ほら、よく聴くんだよ。試験はとうに終わってしまったし、今年の授業もあきらめるしかないだろう。でも、いまできるだけたくさん聴いておけば、あとで役に立つからね。聴いたものは無駄にならない。きっと思い出す。あたしは、これにかけては自信があるんだ。まだまだ試験はこの先たくさんあるから、いまのうちに予習をしておかなくちゃね」

祖母は、近いうちに快復するものと信じ続けていた。（じきに目を覚ます。もうすぐ。ぜったいに。あと少しの辛抱だ。明日か明後日にはあの子は良くなって話し始める。きっと泣けてしまうくらい舌足らずで聞きとりにくい話し方をするだろう、そういうものだ。でも心配ない。わかってる。ばあちゃんと一緒にどんなことだって乗り越えよう。急ぐことはない。大事なのは、最後にはちゃんと完治するってことだ。そうだ、ぜったいに！）

祖母は、実のところ元気になるまでに要する期間は六ヶ月がいいところだろうと考えた。（風邪ですら、一日で治るわけじゃないんだから）。それですべては良くなる。一ヶ月が経ち、七月、八月が過ぎ、九月が訪れれば、ツィスクは例年と同じように学校へ行く。（それでまた、あたしを騙したり、サンドイッチを残したり、落第点をとったり、授業をサボったりすればいい。試験すらサボってもいい。宿題のノートを破って、煙草でもなんでも手当たり次第に吸えばいい。ビールを飲んで、言語聴覚検査をすっぽかしてもいい。理由があってもなくても友達と喧嘩しては鼻血を出して――それでもあたしは笑うだろう。だって、鼻血なんてぜんぜん心配ないんだから。あの子が友達の家に泊まっても、あたしはぜったいぜったいぜったい、不安になって親に言いつけたりしない。外でだって思う存分いくらでも遊べばいいし、いつもなにもかもすべてを許してやるんだ。サッカーでもほかのスポーツでもやりたいことはぜんぶやらせよう、トランプでもテレビゲームでも。目が悪くなる心配なんてぜんぜんしないで、もし必要なら眼鏡を買ってあげよう）

だが眼鏡は要らなかった。知り合いの眼科を探す必要はない。フランツィスクはまぶたをひらかず、祖母は涙を浮かべては、ほんの数週間前までなら叱りとばしていたはずのあれこれを夢みていた。

ごくたまに、遠い親戚が見舞いにきた。ときどきは友達も顔を出した。いつもぶつくさ文句ばかり呟いている老看護師が現れる回数は、友達よりも若干少ない。不器量ですぐ人につっかかる、教養のないおばあさん。その遺伝子には目に見えない支配者と強権への崇拝が保たれているようだった。優しい言葉を理解せず、親切を弱みととらえ、逆に叱られると張り切って仕事をする。変わらぬ姿勢でいつまでも眠り続ける患者を見やり、老看護師は首都の人々はみな気がおかしくなったのだろうかと考える。「腹を撃たれた患者や腕を失くした患者を治療しなきゃいけないのよ。こんな甘やかされた子供じゃなく。まったくの役立たずのくせに。なんだって糞(くそ)の塊みたいに寝たきりの人間に個室をあてがう必要があるっての。こんなこと、早く終わらせないと！」

看護師の見たところでは、フランツィスクの母は絶世の美女ではないにせよ、そこそこの男を見つけられるようには見えた。「タデ食う虫も好き好きっていうじゃない。再婚してまた子供でも産めばいいのよ。多少のことには目をつぶって一緒にいればいずれ好きになるっていうし、そうすれば過去なんか忘れちゃうわよ。不幸なんて誰にでもあるんだから！　足るを知りなさい！」

この失礼な看護師のおばあさんの扱いにも、祖母はだんだん慣れていった。看護師が病室に入ってくるやいなや、祖母は即座に命令口調でなにかを頼む。看護師は命令されると急に元気になり、畏敬の念さえ抱くのだ。自分が認められているような気になり、ぶつくさ言いながらも仕事にとりかかる。ところがその日の看護師は、病室に入っても仕事をしようとしなかった。ある情報を——ともするとこれまでの人生で最も重要な情報を伝えにきた看護師は、絶対的な使命感に満たされていた。

「さあて、面会ですよ！　ドイツからのお客さんです。資産家のおでましですよ！」

病室に入ってきたのは三人——男性と、女性と、若い女の子だ。女の子が最初に口をひらいた。

「初めまして……」

「初めまして。おや、ロシア語が話せるんだね。娘さんか」

「いえいえ！　私は通訳です。こちらの方々はまったく話せません」

「あたしはこの子のばあちゃんだよ」

ドイツ人夫妻は頷いた。祖母も病室から出ていこうとしない看護師も、それに応えて頷く。男性が祖母に歩み寄り、手を差し出した。そして反応を待たずに抱きしめた。唇を噛む看護師を除き、一同はいっせいに泣きだした。通訳まで涙ぐんだ。この通訳の女の子はまだ外国語大学の一年生で、電話でこの話を引き受けてから、念のため医学辞典で予習をしてきたのだ。

皆がひととおり涙を拭くと、看護師は尿瓶(しびん)を手に病室を出ていった。

「それでお二人は、フランツィスクくんのご容体はいかがでしょうか、と訊いています」

「安定してるよ」

ドイツ人男性はベッドに近寄り、ツィスクの腕をとった。妻は一歩後ろにいる。祖母はベッドの反対側に回る。夫妻はなにか尋ね、矢継ぎ早に質問を重ねる。通訳がそれを伝えた。

「このかたのお話では、はじめは特に心配していなかったそうです。フランツィスク君はそんなにしょっちゅう手紙をよこすわけではなかったので。だから特に何事もなく、ただいつもと同じように連絡が途絶えているだけだと思っていたと。そのあと、あの事故のことを知ったのですが、ドイツでは特に大きなニュースではなく、誰かから訊いたのは、ほとんど偶然でした。でも、もしフランツィスク君の身になにかあったら、ご家族が知らせてくれるはずだと考えていたそうです。ただ、やっぱり確かめてみようという話になり、あなたにお電話したところ、こういうことで……。それで、フランツィスク君が着ているこのTシャツですが……、このTシャツには見覚えがあって、一緒に海に行ったときに買ってあげたものだそうです。それからあの、具体的にいったいなにが起こったのかを訊きたいと言っています」

「詳しくはわからないよ」と、祖母は答えた。「事故の詳細はほとんど教えてもらえなくてね。いまはむしろ逆に、諸々の証拠を湮滅(いんめつ)し、落ち度を隠す方向に動いてる。わかってるのは、ライヴがあったってことと、突然雨が降りだして、大勢の人が地下通路に詰めかけて、将棋倒しになったってことだけだ。あたしたちに告げられたのはそれだけだよ……。『なぜ』とか『どうして』とかいう疑問には誰も答えちゃくれない。将棋倒しの事故がありました、以上。ほかに特に言えることはない……」

「なぜそこへ行かせたのか、と訊いています」

「行かせない理由なんかないだろう。だいたい、学校に行っているはずのあの子がどうしてそんなところにいたのか、あたしだって知らないんだ。人の子供の心配なんかしてないで、自分の子供のことだけ考えなさい、って伝えとくれ！」

「このかたにとっては、フランツィスク君は家族も同然だそうです。自分の子でもあると思っているからこそ、こういう話をしていると」

「それはお考え違いですと伝えなさい、ご心配はたいへん嬉しいですが、フランツィスクはうちの子で、よそのお宅の子ではありません、って！」

通訳はこれを訳さなかった。彼女はまだ二十歳だったが、こういう状況については何度も耳にしたことがあった。かの大国が崩壊したときから、西側諸国は東側の子供たちを助けようとしていた。一九九〇年代、フランツィスクの世代の膨大な数の子供が、欧州大陸じゅうに新たな両親を獲得していた。若き独立国家の詳細はあまり知られていなかった。知られていたのはただ、そのあたりに大きな原子力発電所があり、それがあるとき爆発した、だから子供たちを助けなければいけないということだった。孤児だけでなく、ふつうの家庭の子供にも援助の手が差し伸べられた。戦後五十年が過ぎてもいまだに最大の敵と（ベラルーシ政権側から）みなされていた国の人々は、基金を設立し、支援物資を送り、子供たちに療養休暇を提供した。すくすくと健康に育ってきたフランツィスクも、原発事故で被災した子供という枠を利用して、初めての海外旅行に行けた。それはホームステイ型の療養旅行だった。新聞にはこんな広告が載っていた——「ドイツの家庭にステイして元気になろう。三週間で三六〇ドル」。心からの善意で受け入れ先となったドイツ人たちは、見ず知らずの子供の往復航空券まで負担することで、東側の若き共和国の個人事業の歴史に大きく新たな一ページを切り開くことになるのを知らずにいた。こちら側でこれに目をつけた人々は基金を作り、（彼らからしてみると）控えめな手数料をもらって子供たちを療養旅行に送りだす。行き先はドイツでもほかの国でも、どこでもいい。ほんとうに療養が必要な子供か、何不自由なく暮らす子供かも、どちらでもいい。重要なのはすみやかに、できるだけたくさん稼ぐことだ。すばらしく採算のいい仕事とあって、多くの詐欺師が療養ビジネスに群がった。新聞にはその後も毎日のように、価格も良心的で「すばらしい」療養先の広告が出ていた——「子供のホームステイ。三週間。往復はバス。五〇〇ドル」

そうしてフランツィスクは一九九三年から毎年、夏休みをドイツで過ごした。子供だったツィスクは、自分でも気づかないうちに「ドイツのパパとママ」と呼ぶようになっていた。祖母はその言葉に強い嫉妬を覚えたが、一度として孫を咎めたことはなく、心の内でもそう思うまいと努めた。幸福の代償だ。愛する人の喜びには犠牲がつきものだし、それは往々にしてお金だけの問題では済まされない。祖母は自分だけじゃなく、数え切れないほどの親たちが不意に同じ問題に行き当たっているのを知っていた。やはり我が子をドイツに送りだした似たような境遇の親たちに（ツィスクの母には内緒で）連絡を取り話を聞くと、みんな口をそろえて言うのだった——「うちもそうなのよ。ママとかパパとか呼んじゃって。電話がかかってくるのを楽しみにしてるの。次はいつ行けるのとか、一年くらい行ってもいいでしょとか。学校なんか行きたくない、ドイツに行きたい、ここはつまんないし嫌だってごねるのよね。まあしょうがないわよ。向こうのお宅ではサッカーシューズやらジャケットやらを買ってもらっちゃって、こっちは手数料でいっぱいいっぱいなんだから。でもうちは叱らないようにしてる。大人には事情があっても、あの子にわかるわけないのよ、まだ子供なんだから。子供は目の前にあるものでしか判断できないし。だからまあ仕方ないのよ。エリヴィーラさん。プレゼントやらすばらしい思い出やらをくれるのは向こうの人たちで、私たちじゃないんだから……」

手数料の三〇〇ドル強を貯めるには丸一年かかる。足りないときは知人に借りたが、その知人たちも子供を外国へ送るのを夢みていた。百ページの技術翻訳をこなしても、もらえるのはせいぜい十ドル。フランツィスクは知らなかった。給料をよけいに稼ぐのがどんなに大変か、ドイツのパパとママのほうが僕を可愛がってくれるのに、とぼやく。ドイツではいつだって服もアイスもたくさん買ってもらえるし、北海にも連れていってくれたし、なんでもしてくれるのに、ばあちゃんは僕がちょっとお小遣いをねだっただけでいつも「なんに使うんだ？」って言うんだもん、と。

「お二方は援助を申し出ています。フランツィスク君をドイツに連れていったほうがいいと考えているそうです。北海沿岸で、新鮮な風にあたったほうが……、そのほうが、こんな粗末な病室にいるよりいいと」

「いいや、あたしにはそうは思えないって、そうはっきり伝わるように訳しとくれ。これでも、この国じゃいちばん上等な病室だよ。大統領でもない限りこれ以上はありえない。いい病室じゃないか。ここではみんなこうさ。あたしはこの子のためになんにも惜しんじゃいない。自分の服や食べ物のためのお金だって使い切ったっていい。ただ、これよりいい病室がどこにもないってだけなんだ。そう言っとくれ、ちゃんとわかってもらわなきゃいけないからね！」

「しかし、天井から漆喰が落ちてきますが、と言っています」

「塗り替えてくれる約束だよ。もしやってくれなかったら、あたしが自腹でやるつもりだ」

「その約束を信じているのですか、と訊いています。この国で建築の予定があるのはスポーツ施設ばかりで、ドイツの新聞もそろってそう報じているそうです。お二人は、あなたやあなたの娘さんもフランツィスク君と一緒にドイツに来られるよう支援してくれるそうです。ぜったいにそのほうがいいと、ほかに解決策はないと考えておられます。ここにいては悪くなるばかりです。ドイツに行けばフランツィスク君はすぐに快復するし、そのまま北海沿岸で暮らしてもいいし、彼らもそこで過ごすと言っています」

「あたしがそこへ行ってどうするんだ？」

「どういう意味ですか、と訊いています」

「つまり、そこであたしはなにをしたらいいのかってことだよ」

「仕事を見つけ、新たな人生を始めればいいのではないでしょうか」

「あたしが何歳かわかって言ってるのか。ここにいれば、あたしは周りにも信頼されてるし、有力な人脈もあるし、この国でいちばんいい医者たちがあの子を診てくれる。いちばんいい医者だよ、そう言っとくれ！」

「ドイツでは移民の方々でさえもう少しまともな条件で治療を受けられると言っています」

「あたしたちは自分の国にいても移民みたいなもんだ。歴史のなりゆきでね。伝えたかい？それから、お気持ちはたいへん嬉しく思っております、でもあたしにはやっぱり、ドイツにも優れた専門家がいるっていう確信がありませんって」

「お二人はフランツィスク君をドイツでいちばんいい病院に入れるつもりだそうです」

「フランツィスクとしては、ふるさとにいたほうがいいだろうね」

「ユルゲンさんいわく、お祖母さまはもう少し落ち着いて理にかなった考え方をなさったほうがいいと。おそらく、やきもちを焼いておられるのではないかと。しかしいまは感情的になっている場合ではなく、理性を働かせて考えるべきです。つのるお気持ちは、フランツィスク君の意識が回復したときに解き放てばいいと言っています。お二人はあなたからお子さんを取りあげるつもりはありません」

「孫だよ！」

「お孫さんですね、すみません。お二人は助けたい一心なんです。それだけです。ユルゲンさんは、もしあなたがドイツに長居したくないのなら、フランツィスク君が快復したらすぐにでも帰ればいいと言っています。試してみて悪いことなど決してありません。あなたの代わりになれるなどとは思っていません。フランツィスク君の容体が良くなり次第、帰ってくればいいのです。先ほど主治医の先生に訊いたところ、フランツィスク君を移動させること自体はまったく問題がないそうです」

「ほう、もう医者とも話してきたのか」

「ええ、つい先ほど……」

「陰でこそこそ話をするとはいい度胸だ。この国じゃそういうのは重要だからね。ついでに、手続き関連のごたごたもついて回るから、お二方にはぜひとも、断固として留年を認めたがらないこの子の学校からどうしたら休学の許可がもらえるかどうか考えてほしいね。それから……」

「そういったことを考えるのは時期尚早なのではないかと言っていますが……」

「話を遮らないでくれないか、まだ終わってない。そもそも、この人がどう考えているかは関係ない。フランツィスクはここに残る、相談するまでもない。どこへ行ったたって、あたしほどこの子の面倒をみれる人間がいるはずがないんだから。会いたいなら、毎日でもここへ来ればいい。二人してうちへ引っ越してきたっていい。この子にドイツ語で話しかけるのもいいだろう、勉強にもなる。だが、あたしが生きてる限り、この子はどこへも行かせないよ」

ユルゲンはなにか言い返そうとしたが、妻に腕を摑んで止められ口をつぐんだ。それまで黙っていた妻は通訳を介して廊下へ出ましょうと言い、一同はそれに従い、病室の外の椅子に腰をおろした。彼女が「最近の年金はどのくらいですか」と尋ねたことで、話題は自然と変わった。会話のトーンは落ち着き、誰もが気を静めた。廊下の突きあたりのほうから流れてくるラジオの音までが聞こえるようになった。古い外国映画の音楽だ。食料品の価格や家賃、交通運賃が話題にあがる。ドイツ人夫妻は、この街はきれいだがどこか寂しげな印象を受けると話した。ユルゲンの話では、みたところこの土地の人たちはまったく笑わないし、医者も看護師も他人行儀で素っ気ないと感じたという。

「ユルゲンさんは、ほとんどの人たちはなんだか機嫌が悪そうに見えるけど、あの事故のせいというわけではないんですよね、と訊いています。でも私が、事故のせいじゃありませんと答えておきました」

歴史や宗教や習慣や料理の話もした。ツィスクの好きな食べ物の話題になったとき、祖母は初めて微笑み、あたしはドイツ料理なんか大っ嫌いになったよと話した。

「ドイツから帰ってくるたんびに、クラウディアさんが作ってくれるみたいなソーセージが食べたいって言うんだ。そりゃあ食べさせてやりたいが、どうしようもない。そんなもの、ここじゃ手に入らないんだから。なのにあの子は、あたしの作り方が悪いって言うんだよ。フランクフルトソーセージはこうじゃないとか、じゃがいもも焼き方が間違ってて、フライにするとおいしいんだっていうけど、どうしたらフライなんていう焼き方になるのか、見当もつかなくてね」

クラウディアと祖母が物価の話をはじめると、ユルゲンは病室に戻っていった。フランツィスクのそばに座り、静かにサッカーの話をはじめる。海賊たち（FCザンクトパウリ）はそのうち必ず1部リーグに復帰し、ドイツ一、いや大陸一のチームになる。

「恐竜（ハンブルガーSV）をやっつけるところ、一緒に見ような。大丈夫だ、きっとそうなる。大事なのは信じることだ。あとワンシーズンかツーシーズンもしたら、きみも元気になって、そしたら一緒に、私たちの好きなチームが強豪チームと戦うところを見届けよう」

フランツィスクは規則正しく呼吸を続け、ユルゲンも話を続けた。ツィスクが教えてくれた本をようやく見つけて読んで、とてもいい本だったから最近は友人みんなに勧めていること。それからユルゲンは、少しだけ歩いたこの街の感想をツィスクにも話した。空港からまっすぐここへ来たから、まだあまり見ていないこと。ただ、空港だけでもたいへん感銘を受けたこと。

「空港にまったく人がいなかったけど、誰もどこへも行かないんだろうか。どこもかしこも寒々として灰色で、大理石ばかりで。飛行機じゃなくタイムマシンに乗ってきてしまったんじゃないかと思ったよ。それから入国審査と税関でも驚いた。あれじゃあまるで犯罪者扱いだ。私は日頃から、入国審査官と税関職員ってのは世界屈指の人種主義者だと思ってたけどね。街の様子はタクシーの窓からしか見ていないが、だいたい想像通りではあった。ただ、警官があまりにも多いね。なんのためにあんなにいるのか、まったくわからない。あの人たちは誰から誰を護(まも)ってるんだろう。人通りはぜんぜんないのに。まあ、もちろん私が首を突っ込むようなことじゃないが。それでね、きみのお母さんとお祖母さんをレストランに連れていこうと思ってる。ああ、今晩にでも。おそらく、私たちがきみを助けたくてしている提案をことごとく断ってしまうのは、二人ともここのところあまりにいいことがなかったせいじゃないかと思ってね、クラウディアと一緒に、ささやかな食事会でもしようって決めたんだ。息抜きは必要だろう？　そうでもしないとお祖母さんはぜんぜん外に出ないみたいだし。仕事以外は。というわけで今夜はきみをひとりにするが、まあたまにはひとりになりたいだろ？　そうそう、ほら、お土産があるんだ！　背番号のついたユニフォーム、ずっと欲しがってたやつ。10番だぞ！　いつかきっと、これを着てサッカーができるようになるからな！」

ユルゲンとクラウディアは毎日やってきた。二週間。ユルゲンはフランツィスクのそばに座り、クラウディアは祖母の手伝いをする。通訳の女の子は涙をみせないように、いつも窓の外を見つめていた。クラウディアはいい掃除用品が売っていないから困ったと言い、今度送ると約束した。祖母は通訳を介して礼を言い、洗濯洗剤を頼む。

「代金は必ずお支払いしますから、もしよければ洗濯用の粉末洗剤も送ってくださいって頼んでくれるかい。向こうみたいにいいのがなくってね」

クラウディアは洗浄成分だけじゃなく漂白剤の問題でもある、そもそも洗濯に関する文化の違いかもしれないと話す。

「衣類の扱い方がだいぶ違うんだと思います。初めてフランツィスク君がうちにいらしたとき、びっくりしたんですよ。服を買ってあげると、その場ですぐに着るんですもの。お店の中で！『すごいや、新品だ！』ってとっても喜んでくれたけど、すごく不思議でした。外にあったものを、お店でそのまま着るなんて。あっちでは服を買ったらふつう一度は洗濯してから袖を通すんです。それに、買ってもしばらくはタンスにしまいっぱなしなんてこともよくあるし。お祖母さまも買ったものはすぐに着られるんですか？」

「あたしは自分の服なんかめったに買わないよ」

祖母は和やかに答えた。


帰る前日の夕食は病室でとることになった。ツィスクのそばで。各自がそれぞれに料理を持ち寄る。アルミホイルに包んで、地下鉄に乗って。クラウディアは祖母と一緒に料理をした。窓から屋根の見える台所は、かつてツィスクが食事をしていた場所だ。クラウディアは以前ツィスクが使っていた調理器具を借り、その昔、三月八日の国際女性デーにツィスクが祖母に贈ったまな板で肉を切る。ツィスクをはじめ、若き共和国の少年たちは国際女性デーが近づくと決まって焼き絵を製作し、事前に図工の先生から教わった通りの言葉を一所懸命に焼きつける。だから、ほとんどすべての家庭に同じようなまな板があった。コーブリンの家にも、スタースの家にも、ヴァーラの家にも。近所や学校の友達は、毎年お母さんに同じようなプレゼントをあげていた。二人はそのまな板を病室に持ち込み、ベッドサイドの床頭台に置いた。些細なものだけど、ツィスクが喜ぶかもしれない。夕食の間じゅう、みんながツィスクに語りかけた。母もユルゲンも祖母もクラウディアも。フランツィスクには聞こえていると、誰もが疑わなかった。この夕食の最中にツィスクが少しでも快復すると信じていた。目を覚まし、体を動かすと。動くか、いつもより力強く息を吐くか、寝息をたてるかして、それにみんなで気づくのだと。ひょっとしたら母親だけは、ほかのみんなに比べると信じかたが弱かったかもしれないが、それでも信じてはいた。そんなことがあるだろうかと真剣に考えたのは、通訳だけだ。彼女は廊下に出て床にへたりこむと、どうするべきか途方にくれた。（あんな風に信じればいいの、それとも疑ったままでいいの。この人たちはいったいなにをしているんだろう。どうして？　なんのために？　誰にどう吹き込まれたら信じられるの。そもそもこの人たちの頭の中はどうなってるんだろう。ある意味、頑なに信じて行動してるところは感動的だけど、でも……もし医者の話を信じるなら……もし、すべては医者が言ってる通りだとしたら……。どうしよう、怖い。犯罪に近いわ。つまりこの人たち、みんな正気の沙汰じゃない、不謹慎だ、道化芝居だ。こんなばかげたことをしてなんになるの。もし医者が正しいのなら、この人たちはたぶん弱すぎる。ビジネス英語の先生がよく言う「気力や精神力に欠けた」人たち。現実を受け止められない人たち。悲しいピエロ。自分の孫を愚弄するようなものだ……。ほんとうに医者が正しいのなら、もしそうなら、すべてが違って見えてくる。笑えない猿芝居。ついでにメリーゴーランドも持ち込めばいい。ああ、なんてことだろう。医者の言う通りフランツィスク君がもう決して意識を取り戻さないのなら……これはピエロの葬式みたいなもので……この人たちはそういう相手と……生ける屍とおしゃべりをしていて。葬儀の会食だってお葬式のあとにするものでしょう。あんなに料理を作って、あの子に食べさせるつもり？　まさかパーティー用の点滴でもあげるとか？　あの子が頼んだの？　なんで？　どうして？　どうしてプラスチックの食器に食事をよそってまで、こんな喜劇を演じてるの？　お墓で同じことをするのと変わらないじゃない。泣き屋とバルカン管弦楽団も呼べばいいんだ、そうすればこの意味不明な芝居も少しはまともに見えるかも。ばかげた、おかしな喜劇。ドイツ人夫妻はあの子に話しかけては、私に翻訳してくれって頼む。この子はドイツ語があまりよくわからないからって——じゃあ、私の言葉ならわかるの？　私が通訳すればあの子はよく理解するの？　そうなの？　ひょっとしてあの子のほうもなにか言いたいとか？　囁くくらいならできるとか？　脳が動いてないのに？　どうしてこの先ずっとこのままなのに、この人たちは自分を騙そうと思うんだろう。今後もずっと変わらないのに。最後の最後にたどりつく場所はお墓しかないのに？）

通訳が廊下で泣いていると、それに気づいたお祖母さんが出てきて彼女をなだめた。

「ごめんね、どうか怒らないで、許しておくれ」

「いったい、いったいなにをやってるんですか？　私はただ、わからないんです」

「そうだねえ……そうだろう……。わかってくれなくてもいい。あんたはまだ若いからね、とても若いから。わからなくていいんだよ。わかろうとしなくてもいい、ただありのままに受け止めておいてくれれば。こうするしかない。それだけだ。ただあたしたちは、ほかにどうすることもできないんだよ」

「でも、望みはないんでしょう……」

「そうだね……望みはない……。望みはずっとないけれど、いちばんすごい奇跡はいつも、望みがないときに起きるんだよ。望みがないときに起きるのが、奇跡なんだ……。いま、時間はあるかい」

「ええ、もちろん……」

「短い話だが……ひとつ思い出話をしよう。一九四六年のことだった。四六年の一月三日。あたしの父さんは航空大将で、重臣の乗る飛行機を作ったり、飛行機事故の原因を究明したりしてた。まあ、けっこう偉い立場にいて、当時ちいさな子供だったあたしも、あるとき連れていってもらえたんだ。お偉いさんの子供たちばっかり集まる新年会にね。戦後初めての新年会だった。共和国でいちばん権威ある人たちの子供が五百人くらい集まった。特別勉強のできる子は学校で招待状をもらって参加できたって話も聞いた気がするが、いまになってみると記憶が定かじゃない。まあそれはおいといて。あんたも知ってると思うが、当時この街は戦争でほとんどが焼け野原だった。だから新年会は焼け残った建物のひとつ、国防省内のホールでおこなわれた。建物には秘密文書も保管されてたらしいし、ほんの数メートル離れたところにある別館の地下には、ドイツ人捕虜が閉じ込められていたらしい。数日後に市内の競馬場で処刑される予定の捕虜たちがね。急ごしらえで準備された会場で、確かペンキも塗りたてだった。豪華なもみの木があって、建物じゅうが紙や綿で飾られてた。そこらじゅうに雪が積もってるみたいに見えたよ——階段にも、出窓にも、もみの木にも。長い戦争のあとに見たその光景は、魔法みたいだった！　あたしはまだほんのちいさな子供だったから、そりゃあはしゃいだ。人も笑顔も服もみんなきれいで。ある女の人が着ていたコートなんか、いまだに覚えてる。毛皮の襟のついた、目も眩むようなコートだ。感動と、復活と、生命力の夜。オーケストラに、音楽に、ダンス。まさにおとぎ話の世界だった——突然、ワンピースの襟元を父さんにひっつかまれるまでは。周りの人たちも急にみんな叫びだして、四方八方に逃げ惑ってる。父さんはなにも言わなかった。あたしに話しかけるでも説明するでもあやすでもなく、軍人そのものの行動力を発揮した。父さんは、口をひらくべきときと行動すべきときの判断ができる人だった。あたしの襟元を摑んだかと思うと、どこかへ引っぱっていった。すぐに右の靴が脱げた。直後、父さんはあたしの手を握った。あのとき握られた手の感覚はずっと忘れない。いまでも夢にみるんだ。夢のなかでも、はっきりと手を握られてる感触や、連れていかれる感じがわかる」

「どうしてお父さまは突然そんなことをしたんですか？」

「おやまあ、あたしもボケたのか、大事なことを言い忘れてたよ……。火事が起きたんだ。原因はいまだにわからない。もみの木に飾られたろうそくの火が燃え移ったっていう説もあれば、街に残ってたドイツ人の破壊工作じゃないかっていう人もいる。もはや真相は永遠に究明できない。あんたも知ってるだろうけど、当時は現場検証の結果なんか、一般市民にはぜったいに教えてくれなかった……まあ、いまもそうだけどね……。国の権威ある人たちともつきあいのある父さんでさえ、なんにも情報を得られなかった。まあ、いちばん大事なのは原因じゃない。肝心なのは、救えたはずの命を見殺しにしたってことだ。公式発表ではこの火事でおおよそ三十人が死んだとされてるが、公式発表ほど信用のならないものはないのは周知の通りさ、いつだって国が都合のいいように計算するだけなんだから。実際にこのとき生きたまま焼かれて亡くなったのは、ちいさな子供や小学生から大学生まで二百名ほどにのぼる。みんな、新年会に招待された子だ。一瞬にして建物じゅうに火が回り、そこかしこで押し合いやパニックが発生した。息が苦しくなった。煙が、焼けた匂いが、火が充満してくる。ほぼ全員が階段を目指したが、階段への出口は閉ざされていた……鉄格子で。檻に入れられたようなものだ。新年会は選ばれた人たちのものだから、一般の人が入ってこられないように閉鎖されてたんだ。確かに誰も入ってこなかった。たいしたもんだ。鉄格子もドアもがっちり封鎖されて文字通りびくともしない。人々は開けてくれるよう助けを呼んだが、開けてはもらえなかった——そういう命令が下っていたからだ。そのとき消防隊員よりもずっと早く到着していた国防省の職員たちは、人命ではなく重要書類や金庫を救出していた。この国の優先順位はいつだってそうだ。人々が逃げようとして三階から飛び降りて死んでいってるときに、国防省の奴らは紙束や箱を救出していた」

「お祖母さんはどうして助かったんですか」

「そう、それを話そうと思ったんだ。父さんが助けてくれた。父さんはほかの大人の男たちと一緒に非常口へ走っていった。非常口はもちろんがらくたの山でふさがれていた。机や椅子や、よくわからない板切れなんかでとにかくいっぱいだった。一般的に知られてる話だと、人々は数分のうちにそのがらくたをどけて非常口を開けて助かったことになってるけど、それだけじゃないんだ。非常口はふさがれていて、出口なんかなかった。あるのは煉瓦の壁だった。煉瓦はドアの枠を埋めるようにして詰められていたから、かつては実際そこに非常口があったんだろう。煉瓦の壁だ。ほら、ここどか、あっちにあるのと同じようなほんとの煉瓦の壁だよ、わかるかい」

「ええ……」

「その煉瓦を、大人たちは手で取り除いた。数分のあいだに。爪や指や手のひらで。ほかにはなにもなかった。つるはしも金槌も。よく思うんだ、あの夜、父さんには腕が八本か十本か二十本か、四十本はあったんじゃないかって。壁に穴をあけながらも、父さんは決してあたしの手を離さなかった。そう信じてる。父さんは片手であたしの手を握り、もう片方の手で壁を壊し続けた、火はすぐそこに迫っていて、もはや、いかなる希望もなかったから……」

＊　＊　＊

画一的建築の街に雨が降り、住居の屋根や教会の丸屋根が濡れていく。政治や環境や食料をめぐる状況に変化が表れる。鳥たちはビザも持たず、パスポートにスタンプを押されることもなく飛びたつ。いっせいに、事前に示しあわせた通りに、壊れた路面電車の線路を越え、戦勝広場を越え、永久に止まったままの観覧車を越えていく。灰色の軍宿舎を越え、道路元標を越え、その昔ツィスクが生まれた産婦人科を越えていく。国防省のビルを越え、中央郵便局を越え、赤い教会を越えていく——教会のなかでは、泣きはらしたうら若い通訳の女の子が、ひとつだけ知っているお祈りを囁いていた。

「全能なる神よ、全宇宙を支配する大きな太陽とちいさな心の庇護者よ、この地に静かで暖かい神の恵みを与えたまえ……。侘しい日常に……日々の糧に……ふるさとの地に、尊厳と力と信心の力を与えたまえ……。ライ麦に実りをもたらし、この国と人々に幸福をもたらしたまえ……」

彼女は囁き、鳥たちは飛んでいく。鳥たちのように、月日も飛び去る。次から次へと群れになって飛んでいき、もう二度と戻らない。

主治医は次第に往診にも来なくなっていった。「来ても意味がないでしょう。なんだってそんなことしなきゃいけないんですか。どのみちなにも変化はないんだから」。でも、少しは変わるところもあった。爪が伸び、ときにはニキビもできる。鼻の下にはうっすらとヒゲが生える。これらのことからも、ツィスクはまだ生きている。行動は不能であるにせよ、国家はまだツィスクを国民とみなしている。医者は死を覚悟しておいてくださいと言った。奇跡はもはやありえない。それでも祖母は最良の結末を信じ、孫に語りかける。フランツィスクが嫌がらない限りは、老いた弱々しい身体に残された力を振り絞って、ラジオドラマを聞かせたり、本のあらすじを話したり、散歩に誘ったり。

「今日はどこへ行こうか。そうだ、ふらっと気ままに歩いてみようか。そうしよう。よーし……。あたしたちは、七階に住んでる。あんたの部屋からは中庭がよく見える。大きな木があって、サッカーのできる広場があって、近所の住宅が見える。春になるやいなや、窓の外にはうっそうと葉が繁る。外の木はすごく背が高くて立派だ。あの木はずうっと昔から生えてるんだね。葉が繁ると、近所の家も広場も見えやしない。あんたはちっちゃいころからいっつもあの広場で膝を擦りむいて帰ってきた。さて、あたしが鍵を閉めてるあいだに、エレベーターを呼んどくれ。うちのドアは二重で、鍵は四つもある。あんたはいっつもぶつくさ文句を言うけど、そのほうが安心だろう。以前は警備会社に頼んでたの、覚えてるかい。いつも『C八五六の警備をお願いします』って電話してただろう。でも最近は頼んでない、高いからね。いまのあたしには毎月払える額じゃない。だからあたしは鍵を閉めて、あんたはエレベーターを呼ぶ。あのエレベーターは旧式で、まず大きな鉄の扉を開けなきゃならない。到着してからね。それからあんたは、木の扉を足で蹴って中に入る。いくらやめなさいって言っても蹴るんだから。エレベーターの構造は覚えてるかい。忘れたか。じゃあ思い出そう。エレベーターの内部は十八の基礎構成要素からなっている。ばあちゃんには技術翻訳の専門知識があるから、信じていい。機械室、巻上機、ワイヤーロープ、吊り車とフック。かごはなかなか上品で、どことなく外国の映画に出てくるエレベーターにも似てる。リードスイッチ、秤装置（はかりそうち）、昇降路、ガイドレール、釣合重り用レール。釣合重り。緩衝器、ピット、綱車、調速機用ロープ、調速機、電磁ブレーキ。これでだいたい全部だ。こういう機械に乗って、あたしたちは下へ降りるわけだ。途中で通る階も中からよく見える。四階や三階でエレベーターを待ってる人がいたら、ストップボタンを押してドアを開けて、待ってる人を入れてあげよう。みんな、あんたが元気になったのを喜んで、微笑みかけてくれる。ほら、リムも。あんたはいつも『変わった名前だなあ』って言ってたね。確かに珍しい名前だ。おや、カーチャと妹もいるよ。あっちにいるナスチャおばさんは、毎週日曜日にあたしを市場に連れていってくれる。犬を飼ってただろう、コッカー・スパニエル犬のコーラちゃん。あの犬がこのあいだ死んで、ナスチャおばさんは新しい犬を飼おうかどうか迷ってるんだって。コーラはずいぶん長生きしたからね。さて、おしゃべりをしながら外へ出よう。すぐ目の前に遊具のある公園がある。いや違った、以前は広い公園があって、あんたもいつもそこで遊んでたけど、このまえ二つあった公園が一つになって、ここには交番ができた。制服を着た警官がたくさんいるのはそのせいだ。治安を守っているんだ、昼も夜も。とはいえ盗難事件は減ってないけど、誰もなんとも思っちゃいない。もしものときのためにたくさん人員を確保してるだけだから。誰でも警官になれるし、みんななりたがる。どこより給料がいいからね。確かに、科学アカデミーで翻訳の仕事をする意味がわからないだろう、警棒を持って公園を散歩しながら酔っ払いを追い回してるだけで、三倍のお給料がもらえるんだから。まあいい、愚痴はやめよう。ここを右に行けばプールのある総合体育館があるけど、あんたはいつも左に曲がってアーチを通る。マンションの一階には床屋さんがあって、あんたもよくここで髪を切ってた。髪が伸びるのがやたら早いもんだから、三週間に一度のペースで通って。あんたはほんとうに女の子によく好かれる。おそらく年の差なんか関係なく、みんな恋をしてるんじゃないかと思うよ。みんな、あんたが高校を卒業するのを待ってる。そういえば、そろそろまた散髪しなきゃいけないね。さて、アーチをくぐって右に曲がると本屋がある。百年前からある老舗の本屋だ。道の反対側にあるのは芸術アカデミー。由緒ある、芸術家を輩出する大学だ。俳優も画家も彫刻家も舞台監督も、みんなここから巣立っていく。ただ、ここ数年はあまり聞かないし、もう少し才能ある卒業生がいてもいいんじゃないかと思うけどね。最近の有名人といえば、演劇科出身の女の子で、有名な脚本家と結婚した娘がいた。その脚本家ってのが国歌を作詞した詩人の息子ってこともあって、みんなその話でもちきりだ。その女の子の銅像でも建つんじゃないかって話してる。道を渡って左に行くと、地下鉄の駅がある。あんたはいつもこの駅の名前をもじって『科学垢出る身』なんて言ってたっけ。なんでもかんでもその調子だから、運動不足はウッドストックになるし、スケトウダラがどういうわけかセパルトゥラになるし。なんのことやらさっぱりわからないけど、なにか意味はあるんだろう。地下鉄もいいけど、天気もいいしせっかくだから歩いていこうか——そうだねえ、十月広場まで散歩しよう……」

祖母はそうしてよくフランツィスクと街を散策した。彼女はもはや、あとで孫に話して聞かせるだけのために新しい場所に注意を払っていた。少しでもツィスクが面白がりそうなもの、驚きそうなもの、興味を持ちそうなものを片端から調べていく。祖母が病室にテレビを持ち込んだとき、看護師たちはそろって（あらあら、この人も一人で子供の面倒をみて疲れたのね）と考えた。

「さてどうしようか。あたしが試合の流れを説明するのと、解説者の実況を聞くのと、どっちがいい？　解説者の話なんか聞いてもしょうがないか。コメントっていうより、ただのおしゃべりだ。いまの流行りらしい。さも面白いことを言ってるそぶりだが、ラジオのリポーターにでもなればいいのに。ユーモアセンスによほど自信があるんだろうけど、サッカーの解説じゃなく、選手を笑いものにするのが本業なんじゃないかと思えてくる。だからあたしなんかが見てても、誰が誰にパスして誰がボールをカットしたのか、誰がどのポジションか、さっぱりわからないよ……。実況席に座って、話に夢中になってるうちに、四回も攻撃が仕掛けられていたりして……ほら、いつのまにか一対〇だ……」

祖母はテレビ画面をツィスクのほうには向けなかった。テレビがあんまり近くにあるので、よくないだろうと考えたのだ。（ただでさえあの子をいろいろと苦しめてきたんだ。このうえ、あたしのせいで目まで悪くなったらいけないからね）

ときどき、スタースが訪ねてくることもあった。ほかの友人がぱったりと来なくなっても彼だけは来た。スタースは人づきあいが苦手で、知らない人に話しかけたり仲良くなったりするのが下手だ。同年代の友人たちはそれぞれの道へ進み、スタースはひとりになった。大統領のお抱えオーケストラ団員となった彼は、同僚とときどき冗談くらいは言い合う仲だが、それ以上は踏み込まない。ほんとうの友達と呼べるのはツィスクだけだった。

「ひとつ、マジで後悔してることがあってさ。なんで俺たちが食堂でしゃべってた会話を、ラジカセに録っておかなかったんだろう。最高だったじゃん。昼メシんときって、どうしてあんな楽しかったんだろ。どんだけ笑い転げたっけ。バカみたいに。だからさ、録音しときゃよかったと思って。去年だけでも山ほど可笑しい話したよな。食堂からラジオで生放送したっていいくらい。国じゅうの人が腹を抱えて笑い転げるぜ、あ、もちろん先生たち以外はだけど。あとさ、誰かが皿とかコップを割ったら食堂にいる全員が一斉に拍手してたの、覚えてるだろ。ああいう習慣っていいよな。外国の映画みたいで。皿が割れると、低学年の子たちまでみんな拍手するじゃん。マジで最高だった。でも、おまえにずっと言えなかったこともある。なんか……なんども言おうとしたんだけど切り出せなくて……。あのさ、俺らが食堂の当番だったとき、俺がもうテーブルの片付けに入ってんのに、おまえはいつまでたってもコンポートのシロップを飲みおわんなくて、急かすとよけいにわざとゆっくり飲んでさ、だからおまえがよそ見してる隙に布巾の水を絞ってコップに入れてやったことがあった。なのにおまえ、気づかず飲み干してんの。ほんとだよ……その前に四つもテーブル拭いた布巾の水だぜ……。だっておまえがいつまでもぐずぐずしてんだもん！　なあ、怒るなよ。ところで、俺以外にも誰か見舞いに来てるか？」

いや、友達は来ていなかった。忘れてしまった者もいたし、両親とともに引っ越した者もあった。外国に。永住するために。フランツィスクの母はよく、現代の世界に残された遊牧民は二つだけだと主張していた――「ロマと私たちよ。私たち放浪の民は地理的概念であって、国民じゃないんだわ」。母がそんな箴言を口にしているあいだにも、近所の人々はどんどんいなくなる。救急車に乗って。そのほうが安いから。引っ越しトラックは高くつく。ミニバンに荷物と希望をぎっしり積んで。女たちは涙し、男たちは鞄に物を詰め込み、子供たちははしゃぎまわる。運転手はサイレンを鳴らし、そうしてまたひとつの家族がいなくなる。スタースはツィスクに別れを告げて、病室をあとにした。

祖母が窓を開けると、病室に新鮮な空気が満ちていく。ツィスクより少し前から昏睡状態に陥った街の空気。この街で唯一のほんとうの歴史的遺産は、独特の色をした空――その昔かのすばらしいユダヤ人画家（マルク・シャガール）が讃えた色の空だ。祖母はほんのひとときだけすべてを忘れその空に見惚れる。無意識にラジカセのスイッチを入れながらも、祖母は窓の外を見つめ続け、ラジカセからは有名な歌手がツィスクに歌いかける――

思いめぐらそう　君の世界を
雨も　雪も　思いのままに

思いめぐらそう　君の人生を
なにもかも　すみずみまで
みんな生きている　世界を
もちろん　君自身のことも

もしかしたら　それが
君を　救うかもしれない
もしかしたら
きっと……

＊　＊　＊

飽和水蒸気圧が上昇していた。余った水分は霧となる。要するに、すべては自然界の法則どおりに進んでいた。二〇〇三年の早春にフランツィスクの母は赤ちゃんを産んだ。身長五五センチ、体重五キロの元気な男の子だ。息子の主治医は腕が優れているばかりでなく、それなりに魅力のある男でもあった。このすらりとした長身で社会的地位もある医者が、身だしなみを整えることすらほとんど忘れていたツィスクの母に、萎れつつも枯れずにいた女の魅力を見出したのだった。恋はたちまち進展した。まず家に数回電話がかかってきて、映画を観に行き、少しだけ街を歩いた（少しだけなのはにわか雨のせいだ）。自分を異性として扱ってくれる相手の出現に、彼女は逆らおうとはしなかった。ここ数年で彼女が関係を持ったのは息子の同級生だけだ。少年たちにとって彼女はコーチのようなもので、その帰り際を見送り部屋のドアを閉めるたびに彼女は泣いた。少年たちはじきに恋人を見つけ、それきり戻らない。だから外科医がアプローチしてきたとき、フランツィスクの母はたじろいだ。いきなり降って湧いた幸せが信じられなかった。最初は賄賂をせがまれるのかと思ったほどで、母は祖母にも相談し、いったいいくらくらい要求されるのかと予測をたてた。だが最終的には二人とも、どうやらこの外科医は世間一般で言うところの「愛」という感情を抱いているらしいという結論に至った。

当初は祖母も二人の交際を応援していた。恋する医者は交際相手の息子をもっと真剣に治療するようになるはずだ。（これはチャンスかもしれない。ほんとうに愛しているというのなら、思っていたより純情な人なのかもしれない。本気で好きだというのなら、その感情が少しでも真剣なら、きっとフランツィスクの治療にも懸命に取り組むようになるはずだ。仕事として仕方なくじゃない、愛ゆえの力で、あの子を治してくれるはずだ！）

けれども実際には、まったく逆のことが起きた。医者はすっかりさじをなげたどころか、結婚し妻となったツィスクの母に、早いうちに子供を産んで人生をやり直そう、夢を描いて新たな道を歩いていこうと諭した。「俺がなんでも手伝う。いつもそばに寄り添うよ」。母はそれに従った。自信に満ちた男の声には説得力がある。ほんとうだ。夫は確かに正しい。私のために、良かれと思って言っている。そう感じた。地下通路の悲劇が、思いもよらず幸福な結末に向かっていく。彼女は再び自分が誰かに必要とされている若く美しい女性になれた気がした。ファンデーション、リップ、女友達、アイシャドウ。すべてが戻ってきた。フランツィスクの問題は二の次になっていく。誰にでもあることだ。

ツィスクの義父となったその医者のたっての希望で、祖母の部屋は売りに出された。

「ひとり暮らしに三部屋は多すぎると思うんですよ、ええ。しかも年がら年中病院に入り浸りでしょう。三部屋もあってなんになるんですか。そんなに要りませんって。いったい一人で何平米使うつもりですか。うちも子供が生まれるからには大きめの車も欲しいし。お一人ならワンルームで充分ですよ。そうでしょう。ご存じのように私は医者ですから、なにごとにも実用性を重んじておりまして。あまってる部屋に実用性があるとは思えません。利益もなければ持ってる意味も投資性もなにもない。あきらかに無用の長物です。その気になれば貸すなりなんなりして利益を得ることもできるのに、みすみす持てあまして埃が積もるままにしておくなんて。お義母さんもそう思いますよね？」

祖母は反対したが、誰も聞く耳を持たなかった——義理の息子も、実の娘も。いつのまにか話は決まり、手続きがとられていた。祖母の話など誰も聞きたがらない。

それでも延々と抗議されるので、婿は哀れに思い、譲歩して同じ区画の部屋を買うことにした。

「じゃあ同じ場所にしましょう。仕方ない。無駄遣いだと思いますけどね。まったくもってばかげた話だ。でもべつに郊外だっていいでしょう、そのほうが安いんだから。なんだって都会にこだわるんです。仕事が多くてずっと市街地にいなきゃいけないわけでもあるまいに。そんなに都会がいいんですか。私自身、ずっと田舎に住んでましたが、田舎もいいもんですよ。ほら、いたって健康に育ったでしょう」

「そもそもあの部屋は、あたしのもんだがね」

「いいですかお義母さん。もはや家族なんですから、めいめい自分のことだけを考えていればいいわけじゃないんです。お互いに思いやり、生まれた子供のことも考えなきゃいけないでしょう。確かにお義母さんのものだったかもしれませんが、しかしこれからは違う。今後あの部屋をどうするつもりだったんですか。あの世にでも持っていくつもりですか。それともお墓も3LDKがいいんですか。なぜあの場所じゃなきゃいけないんです。愛着があるからとか、そんなくだらない理由ですか。それとも郊外にはスーパーがないとか商品の品質もいまいちだとか考えてるんですか。なぜ都会なんです。レストランや映画館にでも行きたいんですか？」

「この歳とはいえ、まだ職場に通ってるんだよ。でも肝心なのはそこじゃない。あたしは、フランツィスクが住み慣れた家に帰ってこれるようにと思って……」

「いいかげんにしてください！　妻のためと思って耐えてきたが、もう限界だ。いいですか、ちゃんと頭を働かせて聞いてください。何回説明すればわかるんですか、あの子はもう二度と、ええ、繰り返しますがもう二度と家には帰りません。決して。おわかりですか。この昏睡状態にはただひとつ、死という終着点しか残されていないんです。あの子はすでにもう死んだんです。もういないんです。いいかげんわかってください！」

「ひどいことを言うもんだ。もう四年も同じことを言ってるじゃないか」

「ええ、それもあと少しで終わりでしょうね！」


母は下の子の世話で四六時中忙しく、フランツィスクの見舞いにはほとんど来なくなった。それでもようやく時間を見つけて見舞いに来ると、夫は毎回ひどく怒る。妻を診察室に呼びつけて、おなじみになった一連の行為をしたうえで、もう見舞いには来るなと言いつけるのだ。彼女はブラジャーのホックを留めながら夫をなだめる。

「そんなに怒らないでちょうだい。あの子のお見舞いついでに、あなたにも会えると思って来たんだから」

「そんなことよりうちの子はどうした。どこにあずけてきたんだ」

「あなたのお母さんよ。ほんの小一時間くらいですから、みていただけませんかって」

「母さん？　おまえは、母さんがあの子の面倒をみて当然だと思ってるのか。母さんはほかにやることがない暇人だとでも思ってるのか。おまえの母親はどこにいった。なぜうちの母親にばかりあずけるんだ。おまえの母親だってあの子の祖母だろう。それとも孫がかわいくないとでもいうのか？」

「だってあなた、うちの母はずっとフランツィスクにつきっきりで……」

「へえ。俺がその気になれば霊安室で二人きりにしてやってもいいんだぞ」

「お願いだからそんなこと言わないで。私から話してみるから」

その言葉は嘘ではなかった。母は実際、祖母と二度話をした。電話もしたし、直接会いにも行った。でも、ひたすら堂々巡りだ。祖母は頑なだった。意固地になっているかのように、なだめてもすかしても脅しても、いっこうに効く様子がない。夫に自慢できるような成果は得られなかった。祖母はツィスクのもとに毎日通い続け、語りかけたり映画を観せたり本を読み聞かせたりしている。どんなに長い小説も、あっという間に読み終わってしまう。エーゲ海諸島の歴史は終わり、アンナは汽車に身を投げ、マルセルは失われた時を取り戻す。全七巻の大作を読み終えてもツィスクが意識を取り戻さなければ落胆してもよさそうなものだが、祖母の心は揺るがなかった。狂ったように信じていた。読み終えた本を脇に置き、次の本を読み始める。

「さあて、今日は『アルプスのバラード』にしようか。もちろん読んだことはあるだろうけど、読み返そう。今日という日の記念に……。実は、いつもよりここへ来るのが遅かったのはそのせいでね……、この詩人（ワシーリ・ブィコフ 一九二四～二〇〇三）のお葬式に行ってきたんだ。すごかった。言葉にならないくらい恥ずべき、とんでもないことが起きた。もっとも、粛清の犠牲者慰霊の十字架をトラクターで撤去するような連中のやることだ、さもありなんというべきか。あたしは昨日のうちに買う花を決めてた——もちろん詩人の名にちなんで、矢車菊（ワシリキー）さ——『花には花を！』って思ってね。それで早起きして、道を渡ったところにいつも花を売ってる場所があっただろう、そこへ行ったんだが、今日は一本もない。売り子のお姉さんには『朝六時には売り切れちゃいましたよ』って言われちゃったよ。さいわいカーネーションは残ってたから、赤いのを少しと白いのを多めに買った。告別式は文学会館でおこなわれた。まだ早い時間にもかかわらず、通りは人で溢れてる。想像以上の人出だ。地下鉄の出口まで行列が続いてた。大げさじゃなく、ほんとうに。すごいだろう。あんなにたくさんの人を見たのは久しぶりだ。ノーラおばさんと待ち合わせして中へ入って献花をすませて、出ていこうとしたけど、なんだか名残惜しくてね、おばさんに頼んで少しそこで見てることにした。壁際で。会場は薄暗くて……きれいで……あたしはずっと棺（ひつぎ）を見ていた、もういないなんて信じられない。ワレンチン・アクドヴィチ（一九五〇〜）作家は正しかった——『君がいまここにいるということは、もはや今後いつどこにもいなくなるということだ』。その通りなんだね。あたしたちはいまここにしかいない、だからこそあたしはあんたをあきらめない。いつかいなくなるからこそ、地下通路とこの病室があんたの最期の場所になるなんて、いけない。その先がないからこそ、ねえ、あたしを助けると思ってがんばっておくれ、力を振り絞って打ち克つんだ。ねえ、聞いてるかい。聞いてるかい!?

すまないね……叱るつもりじゃなかった。待っとくれ、いま落ち着くから。さて……それであたしたちは壁際に立って見守ってたんだが、そこには無線機を持ったマフィアみたいな役人が二人いた。体格のいい——見るからに恐ろしい。なに食べさせたらあんな風になるんだろう。ドッグフードかしら。その二人はずっとべらべらしゃべってたんだけど、ふとこんな会話を始めた——『なあ、この人のなんか読んだことある？』『あるよ、確か小学校のとき……、王様が屋根の上から狩りをするみたいなやつ』って（ウラジーミル・コロトケーヴィチ（一九三〇〜八四）の作品。別のベラルーシの作家と混同しているうえに内容もあいまい）。ひどいだろう、ほんとにそう言ったんだ。あやうくずっこけそうになったよ。『屋根の上の王様の狩り』だって。でも失望するのはまだ早い、そんなのは序の口だった。とんでもないのはこれからだ。ああ、話してるだけで苦しくなってくる。ちょっと距離があったから一語一句聞きとれたわけじゃないけど、大臣の要請で、遺体の枕元に設置された十字旗を撤去して国旗をたてなきゃいけないと言いはじめた。奴らの旗を——詩人を国から追い出したその国家の旗を、でっちあげられたあの国旗をだ。詩人の妻はもちろんそんな要求は却下して、なにも動かすつもりはありません、どうかこのままにしておいてくださいと言った。それではじまった。故人の目の前で、奴らは威圧的な態度に出た。棺のそばに国旗をたてろ、反体制のシンボルを撤去しろ、さもなくば我々は警備をやめてここを立ち去るというんだ。ただ、どうしてそんなことが脅しになると思ったのかが、よくわからない。だって、もっとも近しい人に別れを告げているその場に、『この旗を撤去して国旗をたてなければ、この集会からいなくなるぞ』って脅す人間が現れるなんて、想像できるかい。しかも『集会』だと。ふん、どこへなりとも行ったらいいじゃないか。実際その通りになった。役人たちはみんなしていなくなった。そのあと、大統領もそこへは来ないってことが明らかになった。いかに大事な作家の告別式であろうとも、あの大統領はヘリに乗って集団農場の視察へ行くほうが好きらしい。そんなわけで、国の人間はいなくなった。詩人の葬儀にはいまいち興味がないんだね。その代わり各国の大使は来てた。ほとんど欧州大陸じゅうの国から。来なかったのは兄さん国家だけだ。まあ来ないだろう。つまりは政治的な問題だ。もし来たら変な誤解を招いたかもしれない。国営新聞も大真面目に書きたてかねない——『この大使の出席はいったいなにを意味するのだろう。かの兄さん国家は我々と決別するつもりか。これはなにかの暗示か、警告だろうか』って。でも実際には隣国の大使もこの国の大統領も欠席した。彼らにしてみれば死んだのは人じゃない、政敵だ。もちろん誰も来やしないよ。だけどそれでよかったのかもしれない。むしろそうあるべきかもしれない。大統領が来たって騒動になるだけだ。ただ、役人がいなくなったものだから、葬列が大通りを通過する許可がおりないんじゃないかっていう不安があった。張り詰めた雰囲気が漂った。みんな心配してひそひそ話してたけど、どうやら許可がでたらしいと聞いて、葬列は墓地に向かいはじめた。そしたらね、ほんとうにたくさんの人が来ていたんだ。八つの大通りがみんな埋まるくらいの人が。四万人はいたかな。なにしろそれだけの人が集まること自体、最近は珍しいだろう。みんなとても静かに和やかに歩いてた。ただ旗だけがはためいて……。畏怖と……平和と……感動と……それがぜんぶ合わさったような感じだよ、それから悼みと……それから、それからね、みんなうつむいて、黙って歩いてた。言葉を交わすことも囁き合うこともなく……。でもテレビでもし報じられるとしたら、いや報じられないだろうけど、あたかもあたしたちが政権転覆を呼びかけてたとか、スローガンを掲げてたみたいに言われるんだろうね。でもそんなことはいい。あたしはずっと周りの人たちを見てた。たくさんの人が泣いてた……そうしなきゃいけないっていう義務や礼儀じゃなく、心から涙していた。そこにいたほとんどの人は生前の詩人を見たこともない、ただ本を読んだり朗読を聞いたりしていただけの人たちなのに、まるで家族や親しい人みたいに別れを告げていた。ふと上を見上げると、ベランダからこっちを見ている女の人がいた。通りには出てこなかった。人の集まりを恐れたのか出てこれない事情があったのかはわからない。そんなことはさして重要じゃない。大事なのはね――ベランダに出たその人はだいぶ遠くにいたけど、それでも泣いているのがわかった。あたしは、たとえ百キロや二百キロ離れたところからでも見えた自信がある――あの人の頰を涙が伝っているのを。その女の人は全身全霊で故人を悼んでた。あたしはそのままずっと、いつまでだってその人を見ていたかったし、ほうっておけば実際ぼうっと見惚れて誰かにぶつかったり人の足を踏んづけたりしていただろう、でもそのとき、交通警備員が拡声器で呼びかけだした――『道をあけてください！　道をあけてください！』って。大切な詩人との最後のお別れのときだっていうのに、奴らは大声で『すみやかに歩道に移動してください、すみやかに車道から立ち退いてください！』って叫ぶ。ひどいもんだ。この国いちばんの作家の棺が、交通の邪魔あつかいされるなんて。そうも忙しい人ばかりなのか、世界に誇る詩人の死を惜しむ暇もないほどに。急いでサウナに向かう人や、クリームを買い忘れた人のために道をあけろというのか。いいや違う、あまりの人出に、奴らは葬列が反体制運動の集会に発展するんじゃないかと恐れをなして、それでうつむいて棺のあとを歩いていただけの人々を追い払い始めたんだ。大統領が通るときは大通りはすべて封鎖されるってのに。そりゃあ、街じゅうが直立不動でお迎えしなきゃいけないさ。民衆のしもべがお通りになるんだから。あたしたちが雇い主のはずなのに、どうがんばってもいまだに解雇できない従業員がね。あの従業員が街を通るときは、公務だろうと私用だろうとスキーに出かけようと友達に会おうと、街じゅうの人は直立不動で見送って、作家の葬列が通るときは、交通の邪魔にならないようすみやかに立ち退かなきゃいけない。そういう決まりなんだ。問答無用さ。でもなにより恐ろしいのは、あの人たちがそれによって簡単に自己肯定できるってことだよ——与党様のお通りだ、与党様が別荘に行かれるのだ、って。でも葬儀は邪険にされる。本なんか読んだこともない人たちの邪魔になるから。関係ないって思ってる人たちのことは、理解もできるよ。夕方までに実家に帰ろうとか、晩はバーベキューにしようとか思ってる人たちが詩人の追悼をする必要はない。大統領が通るってなら話は別だろうけど……。そういえばこのあいだ、あんたの母さんのところにおまわりさんがきたよ。大通りの木を残らず切り倒しただけじゃ飽きたらず、今後は大統領の車列が通るときはベランダに出ても窓を開けてもいけないらしい。換気窓も開けるなってさ。昔は大通り沿いの家といえば高級住宅だと思われてたけど、よもや窓も開けられなくなるなんてねえ。窓から狙撃されるのを恐れだしたんだ。お母さんさえ、いやそれどころかお母さんの飼ってる猫さえ警戒してるふしがある——『猫たちの蜂起も念のため予防しておいたほうがいいぞ、まったく猫ってやつはなにを考えてるかわからんからな』ってね。まあ、そんなとこだ。そんな風にして、この国きっての大切な人はお弔いされる。棺はちょうどお母さんの家のあたりまで運ばれて、そこからはバスに載せられて、葬列は植物園のあたりで散り散りになった。お墓まで行くのは近親者だけという話だったから、あたしはこうしてここへ来たんだ……」

フランツィスクは話を聞き疲れてぐったりしてしまったように見えた。祖母は時計に目をやり、今日はまだ間に合う時間だから銀行に寄ろう、と決めた。

窓口の人は祖母に明細書を渡し、単調な声で眠そうに訊いた——

「富くじはいかがですか」

「富くじ？」

「お求めになられますか」

「買ってどうするんだい」

「当たったら、マンションでも買えばいいじゃないですか」

「持ってるよ」

「じゃあ、別荘とか」

「別荘もある」

「車はどうですか」

「車もある」

「じゃあなにがないんですか」

「自由がないね……」

祖母は新居に帰宅した。バッグを投げやり、力なくベッドに倒れこむ。見慣れない天井を見上げ、かつての懐かしい家を思い浮かべる。エレベーター、七階、踊り場、ドア。玄関、客間、ツィスクの部屋。大好きな飾り棚にいくつも並べたコーヒーカップ。新しい住人はおそらく鍵を換えてはいないだろう。中庭に出て、入居者を見張ってやろうか。チャンスを窺えば、数分でも家に入れるかもしれない。廊下を抜けて、ちょっとキッチンに座るだけだ。ひび割れた天井をにらみながら、祖母は無力にもそんなことを考える。でも、入居者はきっとツィスクの身長を刻んでいた壁を張り替えてしまうだろう。あの子はもう二度と、思い出の刻みを目にすることはできないのか。

祖母は微睡(まどろ)んだ。祖母と一緒に、街も眠りについていく。幾千の些事も——部屋も割れたタイルも壁も。絨毯も食器棚も、新居に所狭しと並んだ椅子も。シャンデリアも窓ももう誰も遊ばなくなった中庭も。履き古した靴もバッグも。思考も言葉も。祖母のかたわらでは本が眠ろうとしていた。祖母はうとうととしながらその本にあった詩をひとつ読み、作者は間違っている、と感じた。遠近法の消失点はここにある。どこか遠くじゃなく。

快復の兆しはなかった。その夏も、その秋も。あのときいきなり降りだした雨のせいで、フランツィスクはいくつもの雨を逃していく。天気雨、幾度かの雷雨、長雨、横しぐれ、驟雨、夕立。祖母はフランツィスクのそばに座り、この子が逃した雨の種類をぜんぶ思い出したらきっと目を覚ますんじゃないだろうかと、おまじないのようなことを考える。先日は霧雨が降ったし、二週間前に両親のお墓の掃除に行ったときは、通り雨に降られたねえ。雨にはたくさん種類があって、小糠雨、みぞれ、狐の嫁入りなんてのもある。まだまだあるよ。石が降ってくる天狗礫とか、血の雨とか、いろんな色の雨が降った例もあるし、味がする雨ってのもあるらしい、赤い雨、黒い雨、チョコレートの雨にミルクの雨。さすがに最後のはないだろう、嘘を言っては元気にならないかもしれないと思って祖母は訂正したが、その代わり、カエルや魚や烏麦の粒が降ったという話を思い出して追加した。しかし依然として手応えはない。ライ麦や木の葉や花や虫が降りそそぐ季節は終わりを告げて冬が訪れ、雪が降りはじめる。そこかしこの公園にしつらえられたスペースに氷が張られスケートリンクが作られ、アイスホッケーが大好きな国の住民はみんないそいそと物置にしまってあったスケート靴を取りだす。大統領は例年通り交流試合で勝っていく。いくら試合をしてみても、大統領チームはプロのアイスホッケー選手より強くて持久力もあるらしい。国のトップはゴールを決め、それが国営放送のトップニュースを飾り、そのほか二番目三番目のニュースは駆け足で報じられていく。

「病院の近くにもスケートリンクができたよ」祖母は茶化すように話しはじめた。「あんたにも見せてあげたいね。滑らかですばらしい理想的なスケートリンクだ。鏡みたいにぴっかぴか。

ばあちゃんが若いころから考えたら夢のようだ。街じゅうがあのスケートリンクの話題で持ちきりさ。でもきれいだからじゃない、ちょっとした事情があるんだ。そこのリンクではスケート靴のレンタルをはじめた。よかれと思って、保証金もなしで。現代人は律儀だからきっと盗む人なんていない、借りた人はみんな返してくれるだろうって、レンタル料しかとらなかった。そしたらどうだ、三日で閉鎖に追い込まれてしまったよ。わずか三日で、二一〇足ものスケート靴がすっからかんになった。でも運営側はめげずに『お客様へ。たいへん申し訳ありませんが、今後はスケート靴のレンタルの際、保証金をいただくことになりました。やむをえずこのような対応を取らざるをえなくなりましたことをご了承ください』って、入口に張り紙をだした。そしたら、スケート靴が戻り始めた。返しにきたんだよ。スケート靴を盗んでいた連中が、なんと靴を返したら保証金がもらえると期待して。まったくもってひどい話じゃないか。あーあ、この国はいつまでたっても相変わらずだねえ」

＊　＊　＊

「すみません、おじゃましてよろしいですかね。みなさん、どうぞ！」祖母の返事も待たずに、見知らぬ医者が入ってきて後ろに呼びかけた。

医学生のほとんどは、一年生の終わりには将来の仕事にすっかり興味を失っている。教務部としてはフランツィスクの事例を見逃すわけにはいかなかった。

「すごいですね。いつから眠ってるんですか。え、そんなに何年も？　それはレアなケースですね。寝返りも打たないんですか？」

「打ちませんよ」祖母は静かに答えた。「あたしたちが定期的に寝返りを打たせるんです、床ずれができないように……」

「なるほど、これは興味深いですね。すごいなあ。痛みは感じるんでしょうか。つついてもいいですか？　あるいはもし麻酔なしで歯を抜いたらどうなるんです。それでも反応しないんでしょうか」

「反応しません」いつのまにかその場にいた義父が口をはさんだ。「脳が動いてないんですから。いかなる活動も情報伝達もしていない状態です。たとえきみたちが歯をぜんぶ抜いたところで、なぁんにも感じませんね」

「いいかげんにしとくれ！　よく恥ずかしげもなくそんなことを」

「お義母さん、私はあくまでも仕事でやってるんです。学生さんたち、ほかになにか質問はありませんか」

「はい！　ご家族のかたに質問です。あなたのお孫さんは共和国青年団には加入されていますか？」

「もちろん入ってないよ」

「ではもうひとつ質問してよろしいですか。僕たちがお孫さんを青年団に、その……、加入させてもよろしいですか」
「この子は安静にしなきゃいけないんだ、そろそろ帰っておくれ」
「え、なにか悪いこと訊きましたか？」

病室は日増しに現代社会博物館の様相を呈してきた。祖母はなにひとつ取り逃がすまいとした。「まったくがらくたばかり持ち込んで」とぼやく看護師に、祖母は答えた――「そんなこと言うけどね、人生はがらくたで成り立ってるんだよ。ここにはなにひとつ余計なものなんかない。あたしが集めてきたものはぜーんぶこの子のためになるんだ。この子にはなにもかも見て、聞いて、できるだけ覚えていてもらわなきゃ！」

壁にはサッカー選手のポスターや新聞の切り抜きがびっしりと貼られている。「欧州連合で新紙幣・新通貨の発行が始まる」「ジャーナリスト失踪事件」「同時多発テロ、ツインタワーが崩壊」「デノミによりルーブルが千分の一に切り下げ」「十万人の従業員がストライキに突入」「反体制派が総選挙をボイコット」「有志連合が×××に到着」「国内にテロ組織の存在を確認」「アジア初のサッカーW杯開幕」「公式発表によると大統領の得票率は七五パーセント」「環状道路工事による粛清の犠牲者慰霊墓地撤去に対する抗議のデモ」「政府は主要な出版刊行物を統制下に置き、各出版社に新たな編集長を任命」「狐が猟師に反撃、猟師は自らの銃で負傷」「独立新聞は多額の罰金により破産解体」「古代都市の巨大仏像が破壊される」「国民的詩人が帰国後に死亡、葬儀はデモに発展」「教育省の決議により国立人文高校が閉校。首都では母語による教育をおこなう初等中等教育機関がゼロに」「国民投票の結果、大統領の多選が可能に」「国会議員に野党は一人も当選ならず」「政府決議によりヨーロッパ人文大学が閉校」……

カチカチと鳴り続けるメトロノームに負けず劣らず、祖母はせっせと新聞や医学事典を読み漁り、奇跡の生還のエピソードを自らの手で再現しようと試していた。鋭い痛みを感じて意識を回復した例が多いと知ると、何日も針で丁寧にフランツィスクをつつき続けた。いくらつついても無駄だとわかると、入浴療法にとりかかった。あるアメリカ人は五年以上も昏睡状態にあったのに、看護師がたまたま間違えて熱すぎる風呂に入れてしまった直後に目を覚ましたという。祖母はぶつくさ文句ばかりの看護師に協力させて、フランツィスクを熱々の風呂に入れたり氷水に入れたりを何週間も繰り返したが、それでも孫は復活しない。入浴療法をあきらめると、次の手段に移った。人工呼吸器が偶然に外れてしまったのがきっかけで目覚めたという話もあるが、フランツィスクは自然に呼吸しているから、この方法はだめだ。そういえば外国の映画で、男性看護師が昏睡状態の女性を相手にセックスを強要したら目が覚めた話があった。映画とはいえ実話に基づいた話だというから、これはいけるかもしれない。祖母は、いったい誰がセックスの相手にふさわしいだろうとずいぶん思案した。（どうやってあの子の好きなタイプの子を見つけよう。ナスチャか？　ツィスクはいまでもナスチャを好きだろうか。ナスチャのほうはどうだろう。娼婦を頼むか。でもあの子はそんなことをされたと知ったらショックを受けるかもしれない。病気をうつされてもいけないし。でも、ここは病院なんだからまず検査してもらえば大丈夫か。でもタイプは。女の子の好みなんてぜんぜん知らない。どんな子なら、いや、どんな女性なら好きになるんだろう……。胸の大きさは？　巨乳か、ちっちゃい胸か。手触りはどんな感じがいいんだろう、ハリのある胸か？　やっぱりナスチャに似た娘がいいかもしれない……）

「もしもし、スタース君、こんにちは。エリヴィーラだよ、フランツィスクのばあちゃんの。あのねえ、折り入って頼みがあるんだけど、フランツィスクの好みのタイプがどんな女の子か教えてくれるかい」

「美人じゃないかな……」

「そりゃそうだろうけど、もっと具体的にさ。ほら、背が高いとか低いとか、細いとかぽっちゃりとか、どのくらいの胸が好きとか」

「男はみんな巨乳が好きですよ。あ、でも……あいつはデカパイ、いやすんません、大きな胸はいまいち好きじゃなかったな。よく言ってました、柔らかすぎる胸や垂れるほど大きい胸は好みじゃないって。片手におさまるくらいの、ハリのある美乳が好きだったんだと思います。でも、どうしてそんなことを？」

祖母の頼みでスタースは娼婦を見つけてきた。俺だってやりたい、と思えるような理想的な女で、探した限りでは値段もいちばん高い。祖母の目にはいまいち教養が足りなそうに映ったが、スタースは彼女こそツィスクが望むタイプだと説き伏せた。

「よく見てください、スタイルも最高です。足といい背筋といい理想的なスレンダーボディです。胸もモデルさんみたいだし。こんなにすばらしい容姿でなぜこの仕事をしているのか不思議なくらいです。お金持ちのパトロンだっていくらでも寄ってくるだろうに。ツィスクがいくら夢みたって届かないような人に、あなたのおかげで巡り会えてラッキーとしか言いようがない。正直、俺だって誰かにこんな素敵なプレゼントをもらいたいくらいです」

二人が話している間じゅう、若く経験豊かな娼婦はその場で待っていた。彼女が提示した金額は、祖母にはあまりに安すぎるように思えた。ひょっとしたらこの娘はなにかできないことでもあるんじゃないか、まさか病気でも持ってるんじゃないかと不安になる。念のため何度か価格を確かめたが、やっぱり間違いない――この娘はかなり安い。おまけに、顧客が値踏みをしていると勘違いした彼女はさらに若干の値下げに出たので、祖母はますます混乱した。なにが起きているのかを悟ったスタースは、娼婦にいったん席を外してくれるよう頼み、祖母をなだめた。

「違うんです。心配しないでください。彼女に問題があるわけじゃなくて、相場の問題なんです。現代の実情なんです。そもそも、どうしてこんなに観光客が多いのか知ってますか。この国は世界一セックス・ツーリズムが発展してるんです。それで相場が激安なんですよ。あんなスレンダーボディがタダ同然で売られている。でも彼女はまだ高いほうです。ふつうならあの金額で二、三人は買えます。もっと安い娼婦にしたってよかったんですが、お祖母さんが最高級の子にしてくれっていうから。でも三分の一や四分の一の値段でだって買えるんです。いまだって、もしよければ俺が交渉してきます！」

「いやいや！　とんでもない。とにかく、つつがなくやってくれればいいんだ」

「わかりました」

娼婦による実験は失敗に終わった。フランツィスクは目を覚まさなかったし勃起もしなかった。娼婦は部屋から出てきて静かに「意識がないじゃないですか」と言った。ツィスクはなにもしたがらなかった。彼女は誠実に職務をこなした——「舐めても吸ってもだめだし、ちょっと踊ってみせたりもしたけど、びくともしない。代金、お返ししましょうか」。いやいや、とっておいてくれ、と祖母は答えた。

＊　＊　＊

「明日は毎度恒例の庇護者様の選挙です。明日、我々は揺るぎない幸福の要塞の鍵を庇護者様に渡すのです。この選挙は、もちろん大昔の混沌とした無秩序な選挙とは違います、昔は——可笑しなことに、なんと事前に結果すらもわからずに選挙をしていました。まったく予想のつかない偶然に基づいてなりゆきまかせに国家を建設するなんて、なんと無茶なことでしょう。

でもそれを理解するのに何世紀もかかってしまったのです。しかし我が国ではいかなる偶然も不測の事態も入り込む余地はありません。すなわち選挙そのものが儀式のようなものなのです、我々はひとつの強靭(きょうじん)な多細胞生物であり、福音書の言葉を借りるなら、統一された教会なのです。統一国家史上においてこの記念すべき日にとりおこなわれる偉大なる斉唱を乱す声が少しでも混じることは決してないのです」――ニュースキャスターが単調ながらも熱狂した調子でまくしたてるなか、祖母はテーブルの花の鉢植えを窓際に移し、いつものようにフランツィスクに語り始める。

「ほらこの花、あんたによく似てるね。健気(けなげ)なもんだ。家にあったんだが、すっかり世話するのを忘れて水もやらなかったのに、元気じゃないか。勝手に育って。ごらん、新しい葉が出てる。きっと、水よりも人の気遣いが必要なんだね。あんたもじきに目を開けて、そしたら鮮やかな緑にびっくりするよ！」

　祖母は半分に切ったプラスチックのペットボトルを手に廊下に出た。蛇口の前で、隣室の女性が布巾を絞ったまま立ちつくしている。彼女の夫は数日前に昏睡状態に陥ったばかりで、この状態がとなりの病室と同じくらい長く続くかもしれないなどとは考えたくもなかった。祖母が流しにペットボトルを置いたそのとき、毎週火曜と木曜に来ているスタースが背後を通りぬけていった。

「よお、元気か。調子はどうだ。良くはなってるみたいだけど、もうひとがんばりだな。しっかし、あのスレンダーを拒むなんて、ほんともったいない。俺なんかこれから一生あの女が夢に出てきそうだよ。かっこいいしさあ。テクニックもすげえんだよ。でも本人はどうでもよさそうな感じがちょっとな。しかも、終わったあとで感謝しろっていうんだぜ。面と向かって『褒めてよ』なんて。気まずいじゃん。もしおまえがそんなこと言われたら、ムカついて目が覚めたかもな。ま、どっちにしろそうなるよ。もうすぐ良くなるって。元気になったらサッカーしようぜ。俺らとサッカーすんのもたいへんだろうけど。え、俺の調子はどうかって？　うーん、なんていうか……とりたててなにもなくて……相変わらずなにもかも昔のままだよ……。俺さ、正直たまにおまえが羨ましくなる。いやマジで。おまえは生きてきて少なくともひとつは信じられないような事件に出会ったわけだろ……。なんてな。おまえのばあちゃんに聞かれなくてよかったよ、聞かれてたらひっぱたかれる。でも本気で言ってるんだ。だって考えてもみろよ、平均的国民に比べたらやっぱり違うだろ。おまえの人生には、記憶に残るような事件がひとつはあった。おまえは現場を見たんだから。でもほかの人はまったくなにも見てない。街にも田舎にも、どこを探しても。国内旅行すら誰もしない。みんな、そんなことしてどうするんだって思ってる。きれいな場所や面白いものはいっぱいあるのに。たまにテレビで見るんだ……あ、おまえも見ろよ、あとでばあちゃんに教えといてやるからさ。珍しく面白い番組があって。『ディレッタントの新たなる冒険』っての。すごい絶景やきれいなカトリック教会もたくさん出てくる。家が二軒と教会だけの村とかもよくある。外国人観光客が来てもおかしくないような教会だけど、誰もいない。まあ俺らでさえ知らないんだから、観光客に教えてあげられるわけないよな。そういう知られざる場所を紹介してる番組。だからいつも見てんだ。けっこういろんなこと知ったよ……。え、それで俺はどうしてるかって？　俺は……恐ろしく変化なし。俺の人生にはなにも起こらないし、今後もまったく期待できない。まさに平々凡々だよ。ナスチャとはうまくいってる……。あれ、話したよな。話してないっけ。俺らこのまえ結婚したんだ……。でさ、ナスチャは俺がいっつも不平不満ばっかりっていうんだけど、でも実際、満足できるものなんてぜんぜんないじゃん。おまえはいまなにが起きてるのかを見なくてすむだけでも幸せかもしんない。超簡単に人が逮捕されるんだぜ。まるで……なんていうか、どっかの農場経営者が人間を人参と間違えて、引っこ抜いてはカゴに入れて回ってるみたいに、人が逮捕されては投獄され、逮捕されては投獄されていく。もしかしたらおまえが目を覚ますころには変わってるかもしれないけど、とにかくいまは――悪いことはいわない、起きないほうがいい。寝てろ。いや、ほんとに。眠ってたほうがいい。起きてたら、ちょっとなんか言っただけで牢屋行きか、玄関前でとっつかまってボコボコにされるんだから。この国にいたらほかの選択肢はない。黙ってるか、捕まるかどっちかだ。国じゅうが昏睡状態にさせられたようなもんだから、おまえも安心して眠ってればいい。いままででいちばん最悪だよ。でもみんな口をそろえて『この国は住みやすく平穏で給与所得も安定していて、街はきれいで経済は奇跡的な発展を遂げた』っていうんだぜ。でもそんなバカなことあるかってんだ。外面だけの政策だよ。この国に二日間の滞在予定で（二日以上いたってすることなんかないからな）立ち寄った外国人旅行客が、けっこういい暮らしをしてるじゃないか、まるでヨーロッパみたいだって感想を持つためだけに作られたハリボテさ。でもそんなの嘘だ。目くらましだ。科学アカデミーで働くおまえのばあちゃんの給料はどうだ？　口にするのも悔しい額だ。オーケストラ団員の俺は？　音楽院の奨学金は？　ひでえもんだよ。そのオーケストラ自体がまた情けないけど、おまえは知らないほうがいいか。テレビも、ばあちゃんがつけてるから聞こえてるだろ。クソだよ。ごめん、こんなことばっか言って。でもマジでやってらんねえ。ニュースはずっと同じで『草木はより青々と繁っております、牛乳の生産量は増加しました、アイスホッケーでは今回も大統領チームが、大統領に負けるために特別に組まれた太鼓持ちチームに勝利しました』ってなもんさ。あれがニュースなもんか。経済が事実上破綻してることや、野党の候補者がどういうわけか必ず消されることや、俺たちが世界からすっかり孤立して独裁国家とだけしか親睦を深められないことには一切触れられない。諸外国との交流なんかそっちのけで、同族とつるんでばっかりでさ。もちろんモスクワを忘れちゃいけない。ポーランドはもう敵に回しちゃったけど、モスクワとは兄弟だ。俺ら、兄さんに煙草代をせがむ弟みたいなもんでさ。あっちは大統領に金を貸しては、少しずつ弟の国を買収してる。『なんだ、アイスが欲しいのか、よしお兄ちゃんが買ってやろう。その代わりおまえがママに買ってもらった自転車は、これからは俺のだからな。いまはとりあえず乗っててもいいけど、俺が乗りたくなったらいつでも乗らせろよ』――そんな感じでもうすぐなにもかも失くなる。すべてが売られていく。足元の土地だってそのうち売られる。おまえが寝てるベッドがいつのまにかこの国のものじゃなくなってたとしても、俺は驚かないね。いたるところで行き詰まってるのに、大統領はずっと、この国の暮らしぶりはすこぶるいいって断言してる。そりゃいいさ、あいつは毎年ぽんと金をもらえるんだ。この土地は兄さん国家につきものの、地方補助金対象区域のひとつでしかない。金をもらえなくなったときが運の尽きで、じゃがいも畑に身をひそめる（「もうおしまいだ」という意味の慣用句）はめになる。周りからしてみればここに緩衝地帯があったほうがいい。兄さん国家にとって俺らは人じゃない、近隣諸国との間に積んだ堆肥の山みたいなもんだ。大事なのは、俺らが欧州連合に加盟しないこと、兄さん国家の国境に間違っても西側の軍が接しないようにすること。ごたいそうなもんだ、政治ってのは。念には念を入れておいたほうがいい。念を入れて安全保障を完璧にするためなら隣国ひとつくらいはコマ扱いだ。どんな独裁政権だって支持するし、そもそもそんなの問題にならない。これまでだって、世界をケーキみたいに分割してたときのドイツともつきあってたんだから。その代わり政治屋は満足。帝国気取りもできるし、誰より強い、国境の守りは固い。固いどころか周りの国を攻撃する……」

「そろそろ終わりにしない？　いったいどうしたのよ」

「おっ、見ろよツィスク、ナスチャだぞ。恥ずかしがってさ、行かないとか言ってたのに、結局来たんだな」

「恥ずかしがってなんかないわよ。どっちみち聞こえてないでしょ。それよりちゃんと考えてしゃべってる？　この病院にどんだけ人がいると思ってんの。警察に連行されたいわけ？」

「べつにたいしたこと言ってねえじゃん。それともまさか、声を出してしゃべるのまで禁止されたのか？」

「政治のことは政治がわかるようになってから話しなさいよ、じゃなきゃ、ツィスクはともかくあんたは裁判所をたらい回しに……」

「なんでだよ」

「病院じゅうに聞こえる声で、大統領は独裁者だみたいなこと言ったじゃない」

「あいつだって自分で自分のことそう言っただろ」

「本人はいいの。それよりほらツィスクにさよならでも言って、もう帰らなきゃ。スーパーにも寄らなきゃいけないし……」

二人は車に乗り込み、スタースは黙ってエンジンをかけラジオをつけた。もう存在しない国の国民的歌手が歌っている——

遅れてしまったのは　僕らの報い
かつて囁いた　愛の言葉と
まったく別の人に　委ねた眠り
春まで　あとわずかのころ

もしあらかじめ運命を　知ってたら

雨のなかで　会えたのに
僕は　待ち合わせに行っただろう
春まで　あとわずかのころ……

夏も二ヶ月目に入っていた。街はがらんとしている。地方出身のタクシー運転手や官僚たちは首都をあとにし田舎に帰っていった。「豚をつぶし、祖父と酒を酌み交わし、ペチカの寝台で眠るために」。プールも劇場も美術館も小中学校も閉まっている。救急車が到着したときにはもう、荷物はすべて階下に降ろされていた。鞄、袋、鞄、鞄。国外へ出国するその日、ノーラおばさんは七十八歳になった。夫のヨシフ・アブラモヴィチは医学に人生を捧げた博士で、八十六歳。若き共和国きっての腕利きの医者は、この歳で亡命を決意したのだ。大統領お付きの神経外科医をしていたノーラおばさんも、近年どんどん住みにくくなったこの国で余生を過ごしたくなかった。お別れの会はしないと決めた。空港へ向かう道すがらフランツィスクの病室に寄り、軽くキスをして出ていく。それだけだ。そのほうがいいだろう。簡素で。引っ越しなんかしない感じがいい。いままで通り、この街の中心地にある剰余価値理論書の著者名がつけられた通りに住んでいると思われていたほうがいい。

ノーラおばさんが出ていくと、祖母は静かに話しはじめた。
「さて、これですっかり、ふたりぼっちになったね。まあいい。あたしは慣れっこだ。両親もとうにいないし、ずいぶん長く一人で生きてきた。慣れれば平気さ。でもおまえは、これからたくさんたくさん友達を作るんだよ、ガールフレンドもできる、ぜったいに。あーあ、あんたの好みの女の子がもっと具体的にわかればいいんだけどねえ……」

次の日、怒り狂った看護師が病室に入ってくるなり、祖母に向かってまくしたてた。自発的に。突然。災害で決壊したダムのように。いつものぶつぶつという小言ではなく、大きな声ではっきりと祖母に向かって話した。フランツィスクに唾が飛ぶほど息巻く看護師は、生まれて初めて自分の言葉を人に聞いてもらいたい、聞こえてほしい、この怒りをわかって、応えてほしいと感じているようだった。

「誰が騙されるもんですか！　こんなことで誰が得するか誰だってわかるわよ！　すぐに敵探しが始まる。あさましいことこのうえない！　この国にしてこのテロありってなもんよ。それで結局はすべては国の秩序を乱そうとした反体制派が悪いってことになるんでしょう。それこそやつらの思うつぼじゃない！」

祖母は耳を疑った。国のプロパガンダは長い年月をかけてこの看護師の脳を洗い、すすぎ、脱水してきたはずだ。規範や常識からみても看護師の性格からしても、どこをどう考えてもいま発せられた言葉は物理的に不可能なはずだ。いまの言葉は奇跡も奇跡、フランツィスクを起こしてもおかしくないほどの奇跡じゃないか。看護師は国家に対し怒り続け、祖母はコーヒーみたいな苗字（カフカ。ベラルーシ語でコーヒーの愛称）の作家が書いたのと同じくらい信じがたい変身に目を奪われていた。国内外のユートピア小説の筋書きか。国家機構の破損か。ミスだ。体制の手に負えない狂った細部だ。


「ニュースでも見ようかね」

祖母は微笑みかけた。

「見なくたってわかりきってるわよ。あさましい!」

だが祖母はテレビをつけた。ニュースキャスターがきわめて緊迫した声で、独立記念日を祝う人混みのなかで起こった爆発事件について報じている——「事件に用いられたのは内部にナットなどの金属が仕組まれた爆発物とみられております。死者は出ておりませんが、負傷者は約五十名、そのうち三十七名が病院に搬送されました」

「すでに半数はこの病院に運ばれてきてるわよ」

「傷は重いのかい」

「死にはしないわ」


ニュースは続いている。ぺらっとしたスーツに身を包んだ自尊心に満ちたキャスターは市民に向かって、これは(おそらく西側諸国に関連した)何者かによる挑発ではないでしょうか、この国の平安を乱すのが目的でしょう、私たちが欧州でもっとも豊かな暮らしをしているのが気に入らないに違いありません、と主張している。犯人サイドの狙いはこの爆発によって国民に恐怖心を植えつけることであると思われますが、彼ら（このとき、この「彼ら」という言葉に「反体制派」という意味が込められているのを、国じゅうの人々ははっきりと感じとった）の思い通りにはさせません、大統領もそう言っております。

事件の直後から、予想通りの捜査が国じゅうで始まった。まず捜査の手が及んだのは国営以外の新聞社や非政府組織だ。犯人は間違いなく現大統領に投票しなかった人のなかにいる。そうに決まっている。そうでなければ意味がなくなってしまう。

それらの捜査のあと、男性国民全員の指紋採取を強制的におこなうと発表された。すべての成人男性は各地域の警察署に出向き、指紋を提出しなければならない。血液や便まで提出しなくていいだけでもよかったと考えるべきかもしれない。曲がりなりにも民主主義に守られた国家だからこそ、国民が強制されたのは指紋の検査だけだったのだと。なるべく早く終わらせるため、警察は未提出の市民の家を訪ね歩いた。

「警察の者ですが、指紋の採取にまいりました」

「あたしの……？」

「いえ、ええと、ルーキチ……、フランツィスク・ルーキチさんというのはここに寝ている、このかたですね？」

「なんでまたそんな」

「と、おっしゃいますと」

「どうして指紋なんかとるんだい」

「現在捜査が進められております件で。男性国民全員の指紋を採取しているんです。なんですか奥さん、耳が遠いんですか？　全国民指紋採取です！　この人だって、ひょっとしたら寝たきりを装ってるだけで、起きて犯行に及び、戻ってきてまた寝たふりをしている可能性もありますからね」

「この子はもうずっとこのままなんだよ、何年も」

「それもアリバイ工作かもしれない」

「ふざけたことを言うんじゃないよ」

「私たちはただ職務をこなしているだけです。あなただってこのお子さんのために働いてお金を稼いでいるでしょう。うちにも食べざかりの息子がいるんでね、仕事をしないわけにいかないんです」

「しかし指紋っていうのは、容疑者がとられるものじゃないか」

「我が国では全国民が容疑者です、唯一の例外を除いては……」警官はそう言うと数日前にツィスクの義父の意向で壁に掛けた大統領の肖像に目をやった。

「なぜこれを飾っているんですか」

「どうしてそんなこと訊くんだい」

「あなたが飾ったんですか」

「そうだよ、家にあったのを持ってきて掛けただけだ。おかしなことを訊くね」

「個人崇拝撲滅の話をご存じないんですか」と、警官は驚いたように言った。

「なんのことだい」

「大統領自らそう言ったんですよ、個人崇拝は良くないって。どこへ行っても大きな自分の写真が飾られているものだから、本人も飽き飽きしたんでしょう。それで、早急に肖像を撤去しろって命令を出したんです」

「ほんとに？　本人が飾るなって？」

「ええ。大統領ご自身が『なんのためにこんなに、そこらじゅうに私の巨大な肖像があるんだ？　個人崇拝もいいところだ、いますぐすべて撤去するように！　机の上にちいさな写真を飾るだけで充分だ』って……」

「まさか」

「そのまさかです」

「ちいさな写真で充分だって？」

「そうです……」

「ふうん、ねえフランツィスク、よく大統領はなんにもしないって言われるけど、そうでもないのかね」

　警官が指紋をとっているあいだも、祖母はいつもの作業を続けていた。今日病室に飾るのは街の景色が描かれたポストカードだ。祖母はできるだけ写真ではなく名画のリプリントを飾るようにしており、そこには赤い教会や市庁舎やサーカスといった、人々に忘れ去られた首都の光景が描かれていた。

警官と入れ替わりに、廊下で待っていたワレーリー・セミョーノヴィチ先生が入ってきた。かつての歴史の先生は数年前に職務不適格という口実で解雇されていた。ほかの学校をあたってみたが、どこも等しく「偏った思想」の先生を雇うのを恐れた。それ以来、先生は家庭教師をして食いつないでいた。

ワレーリー先生は祖母に挨拶し、フランツィスクのそばに座り、いつも通り前置きもそこそこに授業を始める。今日は一九一八年の三月二十五日、赤軍が去ったのちに（ブレスト＝リトフスク条約の）第三条により人民共和国の独立が宣言されたときの話だ。

「三月二十五日の朝八時、銀行のちいさな建物で共和国の独立が宣言されたが、この共和国はわずか数ヶ月しか存在できなかった。そのときの宣言はこんな風だった、覚えておくといい――『いまこそ私たち人民共和国議会は、皇帝らによってこの自由な独立した大地に強制的にかけられた最後のくびきをふりほどくのです。今後、私たち人民共和国は独立した自由な国家となります』

ただ、私たちがほんとうの意味での独立国家だった期間はなかったんだ。私たちには市民権があり国章が制定され独自の切手も準備されたが、国土は別の主権のもとにおかれていたからね。ドイツの占領は一九一八年十二月の後半まで続いた。その後は完全に赤軍の支配下におかれた。
一九一九年の十二月、最高議会と人民議会の分裂が起きた。どちら側も唯一の政府としての権利を譲らず激しい対立となった……」

いつもの通りの授業が終わると、祖母は先生とともに外へ出た。掃除や洗濯をするため何週間かぶりに家に帰ることにしたのだ。フランツィスクはまたひとりになった。ツィスクはベッドに横たわり、耳元ではいつものように祖母がつけておいたラジカセがちいさく鳴っていた——

新聞は書く　新聞なしでは生きられないと
詩人は書く　世界は詩でできていると
誰かになにかを　させようと思わないで
可能なこともあるけど　愛は強要できない
僕らのあいだに　あったことは
手で触れることは　できない
僕らのあいだに　あったことは
店では　売ってない

僕らのあいだに　なにがあったか
僕たちにも　わからない……

＊　　＊　　＊

祖母は何日か姿を見せなかった。そのうち義父が覗きにきて、ひとことふたこと看護師のおばあさんに告げ、出ていった。彼は静かな声でどうでもよさそうに話していた。はたから見れば医者が看護師になにか日常的で取るに足らない些細な用件を伝えたように思えただろうが、看護師は凍りついた。人生にはまったく想像もつかないことを耳にする瞬間というものがある。ものごとのなりゆきに反する、わけのわからない、震えや恐怖を呼び覚ますような——これからは赤信号を横断しなければなりませんとか、ドイツが再び宣戦布告しましたとか、その類のことだ。看護師は鼻をすすってじわりと汗がにじんだ額をぬぐい、フランツィスクのほうに向き直り、かすかな微笑みを浮かべて（それは決して嘲笑ではなく、呆然とした笑みだった）、言った。

「あ……あ……あんたのおばあちゃんは、もう来ないよ……なんてこと……。人生ってのはなんて非情なんだろうね……一昨日、亡くなったんだって……。あんたにあれだけ心を砕いて……これであんたは完全にひとりぼっちだ……。ここにもいられなくなるだろうよ……かわいそうだけど……もう誰もお見舞いにも来ないだろうし……。かわいそうに……あんたも……

おばあちゃんも……。いい人だったのにね……やさしくて……あんたのことばっかり考えて……それなのに……。みんなあんたのほうが先に死ぬと思ってたんだ……それなのにおばあちゃんより長生きしたね……こんなことが……あんなに元気だったのに……いずれは私たちみんなの面倒までみてくれるんじゃないかってくらい……元気だったのに……まだなんでもできそうだったのに……なのに……きっと心が疲れきってしまったんだ……限界だったんだ……誰かが助けてあげなきゃいけなかったのに……私以外は誰も……誰も助けてあげられなかった……。あんたのお母さんはちっとも配慮がなかったよ、自分のことばっかり考えて、あんたのおばあちゃんのことなんてこれっぽっちも考えてなかった。かわいそうに……。正直で誠実で、あんな人はもうほとんどいないのに……おばあちゃんは何年もずっとあんたに捧げて……自分のことも考えないで……そうね、あんたしかいなかったんだものね。あんたのお母さんはだいぶ前からすっかり新しい人生を歩んでる、あんたを必要としてたのはおばあちゃんだけだったのに……こんなことになって……。この頑固者、あんたのほうが……あんたが死んだほうが……まともだったんじゃないの……正しい人生だったんじゃないの。そうすればおばあちゃんはせめて晩年くらいゆっくりと過ごせたかもしれないのに、それも叶わなかった……。まったく、そうやって頑固にいつまでも寝て、そんなに寝たいならひとりで寝てればいいのよ。ここにはいられなくなるでしょうけど……医者はあんなふうに世話してなんかくれないんだから……あんたなんか簡単に片付けちゃうんだから……みんなおばあちゃんがあんまりかわいそうだからこうしてたのに、もう……」

看護師は反応を待つこともなく雑巾を投げだしてドアのほうへ向かった。もうこの部屋を掃除する必要もない。祖母が来ないのなら、看護師の無礼や怠惰を咎める人もいなくなる。病室はきれいなままだろう。どんな風でも誰も気にしないだろう。文句を言う相手もいない。この青年はもはや誰にも必要とされない。誰にも。

だが看護師は何歩か歩いて立ちどまり、振り返り、ベッドの脇に戻って腰をおろした。椅子がきしむ。いつも祖母が座っていた椅子。看護師はずいぶん前から彼女のことを、心の内ではひそかに友達だと思っていた。決してそう口には出さなかったが、なにかあるたびに——息子やその嫁が酒に溺れたり、夫に暴力を振るわれたり、となりの住人が爆音で音楽をかけたり、ポストに火をつけられたりするたびに、看護師が向かうのはほかでもないツィスクの祖母のもとだった。祖母にぶつくさとしどろもどろに事実や憶測を並べることだけが、彼女にとって自分の悲しみを誰かに訴えられる唯一の手段だった。フランツィスクの祖母だけが、彼女の息子が年を追うごとに酒に溺れていきここ最近はしらふに戻ることとすらないのを知っていた。昨今の政策のおかげで店頭に並んだ安酒をおぞましいほど大量にあおり、金があるときはウォッカを飲む。その息子が先日てんかんの発作を起こし発話すらままならないこと、病院へ出勤しながらも息子が街なかで倒れて死ぬのではないかと気が気ではないことも、ツィスクの祖母だけに打ち明けていた。(酔っ払いは誰にも助けてもらえない、酔うほうが悪いから)と、看護師は考える。（酔っ払いを見ても世間の人は誰も、どうしてその人がそうなったかなんて考えない。ただみんな、ああ酔っ払いだと思うだけだ）

フランツィスクを眺めながら看護師は涙を流し、ここ数年のあいだ自分と話をしてくれたのはこの子の祖母だけだったと悟る。息子が科学アカデミーに職を得られたのもあの人のおかげだったし、そのおかげで一時は息子も酒を控えるようになり、家にお金まで入れるようになった。看護師はフランツィスクを見つめ、祖母の死によって人生が終わるのはこの子だけじゃない、自分もなんだと考える。この子はここにはいられないし、私もおそらく解雇されるだろうと。

立ちあがろうとしたとき——フランツィスクがわずかに動いた。看護師はあやうく気を失いそうになり……ぐらりとして……必死で身体を支えようとしたが、手がいうことをきかない……。彼女は椅子に倒れ込み、まばたきをした。ぐっと目をつぶり、もう一度目をひらく……もう一度。夢じゃない。フランツィスクが！　この子が！　およそ十年も身じろぎもせずこの病室で眠っていた子が、突然ふたつの同じ音を発した——

「ばぁ、ば……」

看護師は叫んだ。心臓がこむら返りをおこし背中のほうに落ちてゆく。手ががたがたと震える。これだけの長い年月ずっと空想でしかなかったことが、現実になった。目からは涙が溢れ、口からはよだれが垂れる。看護師はツィスクにキスを浴びせたくなったが、なにかあってはいけない、ばかなことをしてチャンスを逃してはいけない、死んでしまっては大変だと瞬時に思いとどまり、廊下に走り出た。

「生き返った！　ルーキチが生き返った！　誰か！　誰かきて！　助けて！　あの子がしゃべった！　うるさいわね気が狂ってんのはあんたよ！　お母さんに電話して！　嘘だと思うなら見てみなさいよ！　生き返ったのよ！　生きてるの！　ほんとよ！　ほんとだってば！　目を覚ましたの、息を吹き返したのよ！」

数分後、フランツィスクは三十人ほどの人に囲まれていた。医者に看護師に警備員。人々は押しあいへしあいしながら口々に熱くこの奇跡を検証した。フランツィスクの眼球はハエのようにキョロキョロと東西南北に動いている。

「見てください、目を開けています！　反応もあります、こちらを認識しています！」

みんなが近くへ寄りたがった。つまさき立ちになり、前の人を押して身を乗りだす。

「誰か窓を開けて換気してください、これじゃあ息もできない！」

しかし誰も動こうとしない。

「開けたければ自分で開ければいいでしょう、なによ偉そうに！」

誰もがフランツィスクの復活をその目で見たがっていた。これぞ奇跡、ほんとうの奇跡だ。誰がこんな展開を信じただろう。こんな奇跡を目の当たりにした者は全能かつ賢明なる天にも文句はいえまい。フランツィスクが蘇（よみがえ）った。幻想か、おとぎ話か夢物語か。当直の脳神経外科医が彼を診ているあいだ、これだけの人が集まるなか、フランツィスクはなおも同じ音を発し続け――「ばぁ、ば」と繰り返している。

「テレビや新聞に電話したほうがいいんじゃないですか。大センセーショナルです、この病院がテレビに出ますよ！」

「やめなさい！　まだ早い！　容体が悪化する前触れかもしれないんです……そんなことはいつでもできる……いつでも……。それから関係のない人はお願いですから病室から出ていってください、全員出ていってください！　早く！」

＊　　＊　　＊

フランツィスクは信じられないスピードでたちどころに快復した。あまりにも急激に、力強く、まっすぐに。医師たちは患者の生命力に日々驚かされ通しだった。何年も水をやっていなかった花が咲いた。根の力で鉢から土を押し出すほどの力強さで。フランツィスクは光に向かっていた。窓の向こう、病院の塀を越えた先の街にある、家を目指して。

「もしもし、ああ俺だ、突然だが註のつけ方って覚えてるか？」

「註？　なんでまた急にそんなこと訊くんだ？」

義父は仰天しながらも論文を書こうと考えていた。大成功の気配がする。（そうだ。それがいい。しめしめ、あのガキが役に立つとは）。義父は家に帰る途中で車にガソリンを入れ、ブレーキシューの交換をした。（しかしガソリンも高くなったな。ブレーキはひどい音をたてるし……。もしあの子がこのまま生き延びれば……うまくいくかもしれないぞ。車も買い換えられる……。義母の一人部屋を売るのは少し待ったほうがいい、そうだ、そのうちすべてがうまくいったら……でもいまのところは辛抱して幸せを装ったほうがいい……。なんたって相当注目されてるんだから、なにかあって妙な疑いをかけられちゃたまらない……喜んだほうがいい……なんにせよ幸運には違いない……そうだ、これは間違いなく幸運なんだ……）


義父が車を停めているあいだも電話はひっきりなしに鳴り続けていた。「着信デス！　着信デス！」その着信音も特徴的なら行動様式と応答の仕方も特徴的な医師に、友人も知人も部下もこぞってお祝いを言おうとしていた。

「おめでとう、よかったなあ！」

「ああ、どうもどうも。正直なところもうお祝いは聞き飽きたが……。ああ、そうなんだよ……うん、……ああ、充電が切れそうだ。そこらじゅうから電話がくるもんだから。ああ、街じゅうからかかってきてる。マスコミだかマスゴミだか知らんが、もはや誰が誰やらわからんよ！」

単に主治医であるだけではなく、義理のとはいえ息子さんをあの世から呼び戻した幸せなお父さんなんですね。これだけの年月を経て。なんてすばらしい、賢明な父親でしょう。これぞ男らしさではありませんか。本当のお子さんと同じように思ってらっしゃるんです。奇跡です。まさに意志の力です。すべてをかけて、そしてほんとうに実現するとは。まごうことなき人格者です。医者のなかの医者です。あなたはすばらしいお人です。驚くべき人です。誇らしいお人です。ふつうならとっくにあきらめていたでしょう。終わらせていたでしょう。それをあなたは——最高の医師です！

繰り返される祝辞を聞き終えるたび義父は静かに、私はこれまで決して疑うことはなく常に信じてきました、ええ、と答えた。私はまさにこうなると確信していたのです。だからこそ淡々と仕事をこなし望みをかけて待っていたのです、ええ。そうでもなければこんな風にカレンダーを飾ったり音楽をかけたり入浴療法をおこなったりなんていうおかしな真似はしませんよ。いえいえ、論文のためだなんてとんでもない。なにを言うんです。まさかまさか。ええ、この子が元気になれば私はそれでいいんです！

実際フランツィスクは日増しにどんどん元気になっていった。人の言葉を認識し、理解し、答えようとする。音が声になり、音節が増え、言葉になる。医者と看護師を識別し、微笑んだり拒んだりもする。言葉を返すようになり、誰かが面白いことを言えば笑い、自分も冗談を言おうとさえする。にわかに病院の人気者となった青年はまだ思い出せないことも多いが、じきに歩きはじめた。このようなケースにおけるどの例よりも早く。リハビリ棟の運動室のマットを、しっかりと踏みしめて。

通常こういった患者のリハビリには少なくとも一年を要する。まずかすかに眉を動かし、それから唇や指先が動くようになる。ベッドから起きあがれるようになるまでには数ヶ月から数年がかかってあたりまえだし、結局寝たきりになってしまう場合もある。だがフランツィスクはその通例をなぞろうとはしなかった。猫が一年で人間でいうところの七歳ぶん成長するのと同じくらいのスピードで、彼は快復していく。

祖母の死から数えてあまりにも日が浅い。義父はまだ祖母が暮らしていた部屋の名義を書き換えていなかった。それどころか狂信的な祖母は死にかけの孫にその部屋を相続させる遺言を残していた。(公証人まで使って、油断も隙もあったもんじゃない。俺に許可もとらずに。俺が買ってやった部屋だぞ。いろいろ考えなきゃな……まさかあの連れ子がこんなことになるとは思ってもみなかった……まったく信じられない話だ……。なにもかも、微に入り細をうがって計画しなくては……。あの若造はどこにやるか……介護施設かホスピスだろうが、いや、まだだ……もう少しあとにしたほうがいい。いまのところは……義母の部屋にでも住まわせておけばいい。家族にとってもそれがいい……。うちに住まわせるわけにはいかんだろう。俺の家に。毎朝あいつにトイレを譲るなんて嫌だぞ。だいたいうちの子と一緒に住むなんて許せるわけがない。自分の部屋にいきなり障害者が越してきたら、トラウマになりかねん。うちの子は繊細だからな。よし、義母の家で決まりだ。誰のためにもそのほうがいい。あいつだって喜ぶさ。うん、間違いない。妻もあいつもそれがいいと言うはずだ。だがとりあえずは……仲良くしたほうがいいな。この状態がいつまで続くかいまのところは見当もつかないんだから……。いまの容体を見るかぎりでは長くなりそうだ、充分ありうる。それならなおさらあの部屋に住んだほうがいい。なにもかも最良の方向にもっていくぞ。このチャンスを逃さず成功を勝ちとるんだ。外国に映画化の権利が売れたっておかしくない……まてよ、それもありだな。いい考えだ……うん……。こんなことがあれば誰だってそうするだろう、俺も一儲けできるかもしれない。ここの映画産業は行き詰まってるし、こんな話はなかなかない。しかも長い話になる、シリーズものにしてもいいかもしれない。長いシリーズならそれだけたくさんの金が入ってくるんじゃないか、おそらく一話ごとに金が支払われて……。いい報酬がもらえるぞ、なんたって俺があの子を助けたんだから。この十年ずっと俺が診察してきたんだ、俺が世話したんだ。安楽死させることだってできた、何千回も機会はあった、でもしなかった。あのばかげた状況に耐えた。だからあの子が助かったのは俺のおかげだ。俺がいなければこうはいかなかった。俺が世話をし、毎日ケアを続けたからこそ……うん、すばらしい。映画化すればまとまった金が入る、つまりそれなりのものが買える。車を買い換えるだけじゃなく、別荘も買えるかもし

れない、それもサウナつきの）

儲けの算段をしながらも、義父はツィスクの祖母の葬儀に金がかかりすぎたことを悔やんでいた。大統領の言っていた通り、金は計算と沈黙を好む（収支はよく計算し、他人に漏らさないほうがいいという意味のことわざ）。誰にも注目されない葬儀にしては支出が多すぎた。死者に金を使ってどうするんだ、もういないのに。棺はもっと安いのでよかったし、司祭もいらなかった――あのばあさんはまったく教会に通っていなかったんだから。

医師の妻――フランツィスクの母は、なにが起きているのかよく理解できていなかった。なにか予期せぬ、信じられない、不思議で突拍子もないことが起きた。なにもかも嘘みたいだ。息子が突然生き返った。（どうしよう。どういうことなんだろう。どうしたらいいの。もちろん嬉しいけど、でもなんだか不思議すぎるし、こんな表現していいのかわからないけど、気まずいタイミングだし）。それは現実に起こるはずのないことだった。（どうして。夫が、あの子はもうずっとこのままだって言ったのに）。夫は確かに、フランツィスクはもう事実上は死んでいるも同然だしこの先は完全に死ぬだけだと言っていた。息子の脳はもうずっと動いていない、世のなかにはあきらめなくてはいけないこともあるというから、あきらめた。なにを言っても聞こえていないというから、ほんとうになんでも話したし、その際は故人に対するように接した。（これからどうしよう。もしあの子がぜんぶ思い出したら？　もしそのことで私を責めたら？　ひどいと言って、人に話したりしたら？　晒し者にされる、笑いものになる、世間の恥だ。ああ神よ、神よ、どうしてこんなことに。私がなにか悪いことでもしましたか。なにかおかしなことでもして怒らせたのかしら。そりゃあ教会にも通ってないし、大斎の食事制限も守ったことがないけど、ずっと神様を信じてたのに。ずっとよ、ほんとうに。怖いとき――たとえば飛行機に乗ったときなんかはいつもお祈りしてたんだから、それが証拠になるでしょう？　神よ――ほかにどんな証拠があったかしら。でもほんとうに信じてたのに、どうして罰を受けなければいけないの。どうして、どうしてなのよわかんないわよ。なにがいけなかったの、なにを知ってなにを理解しなきゃいけなかったの。神よ、そうだ、私は神様を尊敬するあまり、いつも神という単語の頭文字を大文字で書いてたのよ！　多くの人はそんなことしない、小文字で書く人もたくさんいる、でも私は大文字で書いてたの、それなのにどうして。どうしてこんな苦難を与えるの。しかもこんなタイミングで、神よ！　あの子が言いふらしたりしたらどうしたらいいの、神よ。あの子と話し合って、ごめんなさいって謝ればいいのかしら。なにをどう言ったらいいの。私はなにも悪くない、ただ夫の言葉を信じただけだって、どうしたら伝わるの。ほんとうに、心から夫の言葉を信じてたの。信じて受け入れたの。すごくつらかったけど、でもこれだけの月日が流れたんだから。予期してたのはまったく別の結末だったのに、突然「もうひとつの結末」が現れるなんて。誰がこんなこと考えたの。母が亡くなったことすらまだ信じられないのに、さらに――これだけ長い年月の果てに――フランツィスクが目を覚ますなんて。いつかあの子がほんとうに死んだっていう考えをなんとか受け入れてからもうだいぶ経つのに。それどころか、そういう風に安らかに死んだほうがいいんだっていう考えさえ受け入れたのに。神よ、あなたは息子とのつらく耐え難い別れを受け入れるための猶予期間をくれたのではなかったのですか。これは司祭さんの言葉なんだけど。あ、そうだ私はやっぱり教会に行ったんだわ。そうだ。司祭さんが私に教えてくれたの——殺人や自動車事故によって一瞬で即座に残酷にフランツィスク君を召されることもできたのに、慈悲深い全能の神はもっとも優しい手段をとられたのです、息子さんの死を理解し受け入れ、別れを告げ言葉をかける時間をくださったのです、って……。だからいまどうすればいいのか、まったくわからない。喜んだらいいのか泣いたらいいのか。どうしたらいいの。誰かに電話で相談しようか。フランツィスクも助けてあげなきゃいけない、話をして、リハビリを手伝って。でもどうしよう。私が二人必要だ。片方の息子を放ってどちらかの面倒をみるなんてできない。どうやったらぜんぶこなせるの。フランツィスクはどこで暮らすの。学校はどうするの。なにを着るの。それにゆくゆくは働いて食べてもいいかなきゃいけないじゃない！）

フランツィスクは十六歳の少年として目覚めた。いまは一九九九年、もうすぐ試験があり夏休みになり、ナスチャが待っていると信じて疑わなかった。だって、壁に掛かった大統領の肖像も同じじゃないか。最初に誰かがフランツィスクに、十年以上も昏睡状態だったと説明しようとしたとき、少年はもちろん信じなかった——「そんなに寝坊するわけないじゃん！」フランツィスクは（ロシア語とベラルーシ語が）まぜこぜの言葉を放った。

医師たちの質問に対し、彼は自信を持って答えた。おばあちゃんと一緒に科学アカデミー通りに暮らしていて、ときどきは植物園の向かいにある母の家に泊まっていること。奇跡の生還のきっかけになったといっても過言ではない祖母の死については、まだ知らされていなかった。医者たちは、脳が記憶の糸をたぐりよせているうちは、あまり新たな情報で混乱させないほうがいいだろうと判断したのだ。まずは患者がかつて知っていたことを思い出させたほうがいい。共和国の首都、近所の人たちの名前、好きな色。祖母の死については黙っておこう。とりあえずは療養所で休んでいて近いうちに来るということにすればいい。フランツィスクは祖母が電話もかけてこないのを不思議に思ったが、じきに忘れてしまった。脳はせわしなく再編成と再起動を繰り返す。周囲には驚かされ通しだ。押し寄せる事実、事実、事実。虚構、根拠、発見、新事実。再建。万華鏡のように取り囲む人々。外国の著名人までもが見学にきた。東側諸国やバルト海沿岸諸国の医者たち。かつて生きていた国に再び生き返った青年を、みんながその目で見たがった。フランツィスクは次第に歩くことにも慣れた。飲み物を飲み、話し、不服を表す。見る、眠る、夢をみる、聴く。手も動かせるし、その昔、学校の四階のトイレでふざけていたときのように、耳を動かすこともできる。年齢だけ飛び級をした青年は人々を眺め、枕元に貼られたポストカードやサッカーチームのポスターや看護師の手首にある細い傷跡を眺める。義父の代理の医師はスタースになるべく頻繁に来てくれるよう頼んでいた。スタースは職場に短期休暇を申請して病院に通い、日に日にフランツィスクをもとの日常に戻していく。

「ようし、もう一度やろう……。前回はなかなかよくできたな。さて、名前は？」

「フランツィスク……」

「苗字は？」

「ルーキチ……じゃない？」

「合ってる合ってる。いま何歳だ？」

「十七歳……」

「それから？」

「国立の芸術専門学校に通ってて……チェロを習ってたような……」

「今年は何年だ？」

「一九九九年……」

「わかった……。みろよこれ、ノートPCっていうんだけど……」

「これがノートなわけないだろ、ばかにしてんの？」

「してないしてない。昔のことはまあ置いといてさ、それで、これはほんとにノートパソコンっていうパソコンなんだ。残念ながらいまはインターネットには繋げない。六時以降はWi－Fiが切られちゃうから」

「ワイファイってなに？」

「ワイヤレスネットワーク。以前はインターネットに接続するにはパソコンにケーブルを挿して電話回線を使う必要があったけど、いまはそんなことしなくていい。そういうのはこう、空気中を飛んでるっていうか、携帯電話みたいなもんだ。あ、よく覚えてないけど九九年だとも
う携帯って持ってたっけ？」

「わかんない。それでどうして六時になるとそのワイファイってのが使えないの？」

「法律で決まってるから。この国では六時以降はワイヤレスネットワークを遮断するって」

「なんで？」

「知らないよ。とにかくそういう法律があるんだ」

スタースはパソコンを脇へ置き、リモコンを手にとりテレビをつける。
チャンネルをあれこれと替えながら、スタースはテレビにはけっこう変化があって、番号の
若いチャンネルもいまは隣国のテレビ局じゃなくこの国の局になったんだ、と話す。
「ほら、あのころはこの国のニュースなんて誰も見なかっただろ、興味がなくて。みんな兄さ
ん国のことばかり気にしてたじゃん。なんていうか俺ら、新しい国に生きてるって実感がなか
ったんだよな。『俺ら』ったって、俺らはまだ子供だったんだから、わかんなきゃいけないの
は親の世代なんだけど、親のほうがもっとわかってなかった。ただ単に国内の地名が変わった
だけで、あとはぜんぶこれまで通りだと思ってた。でもそうじゃなかった。だけどなにが起き
たかは、いまだにわかってないと思う。俺らの世代がようやく意識しはじめたんだ、まだでき
たばかりの、だけど昔とは違う共和国に住んでるって。まあつまり、おまえがここで眠ってる

あいだにいろいろと少しは変化があった。でもたいした変化じゃない。『少し』ってのがいちばんぴったりの表現だ。だってむしろ逆に子供のころのあれこれが蘇った面もかなりあるんだから。だから変わったのは少しだ。根本的変化じゃないけど、少し。たとえばテレビだけど、まず徐々に外国のチャンネルが規制されていって、最終的には完全に国内のテレビ局だけになった。おそらくなによりの目的は国にとって好都合なニュースを流すことだった。地方特有のテレビ番組を復活させようとかそういうことじゃなくて。うん。すべてはもっと単純なんだ。いまの政権はあまりにもたくさんの弁明を必要としていた。しかもこの国の政府が発表する公式データは往々にしてとなりの兄さん国家のデータとも合致しないことが多かった、同じような見解にもかかわらずね。それで誰かがすべてのメディア空間を牛耳りたくなって、ついにはそれを成し遂げてしまった。たとえばいま、おまえがニュースを見たとしても、一チャンネルでも首都チャンネルでも全国チャンネルでも、ぜんぶ同じことを言ってる。大統領府の意見と食い違うようなよけいなことはなにひとつ言わない。新聞もラジオもその調子で、どこも同じだ。みんなで一斉に唱和してるんだ。ちいさな国の偉大なオーケストラさ。試しにいまラジオをつけてみても、この国の奏者が演奏してると思うよ」

「なんで?」

「新しくできた法律で、放送される音楽のうち七五パーセント以上はこの国の音楽じゃなきゃいけないって決まって……」

「じゃあ、あれは?　ほらあの……」

「うん……、おまえの言いたいことはわかる……。あのころ聴いてた音楽は、もう決して放送されない――『気球』とか『三匹の亀』とかだろ、うん、ああいう曲はこの国から消えたんだ……。七五パーセントっていう数字を、ほとんどの官僚は文字通りに受けとった。反体制派が少しでも好むような音楽は、もはや放送が許されない……」

「どうして？」

「その言葉、忘れたほうがいいぜ。言われたことは黙って聞く。な、そうしよう。そのほうが簡単だろ。健康な人でさえ疑問を口にしないんだ、ましておまえは聞くな。そうじゃなきゃ気がおかしくなる。とくにいまは。とにかくただ事実として受けとめてくれ。いちいちなんで、どうして、なんのためにって聞かれたら、さっぱり進まない。とりあえず黙って聞いてくれ、説明するから」

スタースは話した。農作物の収穫を祝うフェスティバルや、共和国青年団のこと。逮捕されたジャーナリストたちのこと。国家と闘うために残された最後の手段はハンガーストライキだということ。疑わしい国民は逮捕され、ほとんどの組織が売り払われ、逮捕された国民までもが売られようとしていること。この国では昔と同じように政治裁判がおこなわれ、その数は年々増加し、与党を支持しなければ仕事をクビになることもある。ジャーナリストや政治家の拉致事件についてはフランツィスクが眠っていた十年のあいだも依然として捜査の進展はない。道徳会議なるものが設立され、どんな本なら読んでもよくてどんな本は読んではいけないかが決められている。スタースが話せば話すほど、ツィスクは混乱した。悪い夢みたいだ。昏睡状態からは西欧で目覚めたほうがいいのかもしれない。どこか、論理と法則性に従ってものごとが発展する小さな国で。スタースの話は受け入れ難いし、わけがわからない。なにもかもうまく頭に入ってこない。フランツィスクの胸に不安と苛立ちがこみ上げてくる。その不安が心臓を圧迫し、ちょっと一時間くらい休憩させて、と頼んだ。

奇跡の生還から数日後、ようやく母がきた。どういうわけか幼い子供と主治医を連れている。

「私は主治医だと認識していると思うが……義理の父でもある」と、医者は唐突に言った。

「ううん、義理じゃないわ！」と母が口をはさんだ。「お父さんって呼んでいいのよ。この子にはずっと父親がいなかったんですもの、いいでしょ。すばらしいプレゼントだわ。幸せよね、大切よね。お父さんなんて。ねえ、あなたにはお父さんができたのよ。どう、嬉しいでしょう」

「父（バーチカ）さん？」

ツィスクは驚きを隠さず返した。

「ええそうよ。この人があなたのお父さん。お父さんがあなたの命を取りもどしてくれたの。そういう意味でもほんとうにお父さんって呼んで間違いないわ。で、こっちはあなたの弟」

ツィスクはベッドから身を起こした。腕も動く。十年も昏睡状態だった患者としてはこれ以上ないくらいスムーズに。もう立ちあがって弟に近寄ることも楽にできるが、医者は安静にしていなさいと忠告した。

（すごい）とツィスクは思った。（これが母さんで、こっちは新しい父さん。ほんとにすごいや）

母は続けた。

「ほんとよ、これがあなたの弟で、これがお父さん。これからはみんなで暮らすの。立派な家族よ。すてきでしょう」

（それにしても、いつのまに結婚したんだろう）とツィスクは考え、別のことを訊いた。

「ばあちゃんはどこ？」

「あら、嬉しくないの？」

「すごく嬉しいよ。でもばあちゃんはどこにいるのか知りたいんだ。こんなに何日も経ったのに、まだきてくれないなんて」

母は主治医を見た。医者は静かに頷き、すぐに「言っても大丈夫だ、容体は安定してる」と言い足した。ツィスクは母が口をひらくより一瞬だけ早く、なにが起きたのかを悟った。

「おばあちゃんはね、亡くなったの」

「だいぶ経つの？」

「あなたが目を覚ます二日前よ」

フランツィスクのリハビリは半年間続いた。六ヶ月は楽しく過ぎた。この特殊な患者の脳の卓越した発達ぶりに、医師たちは唖然として目を見張り続けた。ツィスクは三年前や七年前の出来事も思い出せたし、オーディオブックの内容をかいつまんで話すことも交響曲の主旋律を鼻歌で再現することもできた。もし十年前ではなくいま音楽史の試験を受けられたら、アーラ・ウラジーミロヴナ先生の出す問題にも全問正解するだろう。フランツィスクは音楽史の先生がそういう名前だったことも正確に覚えていた。ほかの教科の先生の名前もぜんぶわかったが、思い出したことを説明しようとするたびに言葉がこんがらがる。医者たちがそろって首をひねる彼の唯一の問題は、言語の混淆だった。ツィスクの語彙は二つの世界が合わさってできていた。多数派の言語と親しみのある言語、社会的に優勢な言語と大好きな言語が、ツィスクの頭のなかで絶えず混ざりあった。そうしてまるでこの国最初かつ唯一の大統領のように、彼は二つの言語で同時にしゃべるのだった。「しかし大統領とは違ってあの子にはまだこれからきちんとした言葉で話せるようになるチャンスはいくらでも残ってるでしょうね」——若手の医師たちは当直室で大麻を吸いながらそう結論づけた。大麻の効力がピークに達すると、彼らは必要不可欠なはずの警戒心をすっかりなくし、若干傾いた大統領の肖像を見やりながら風刺めいた小話を披露しあう。

「大統領がとうとう『私から神への助言』って本を書いたらしいよ」

「それ知ってます！　それから、『この国の大統領にはいかなる国民でもなれる、ただしそれまでに最低五年は大統領になっていなければならない』っていうネタもありますね」

「あと『一九五〇年代に法律で堕胎が禁止されてた理由は……』っていうのは？」

「もちろんわかります（答えは「ルカシェンコの母が間違っても堕胎しないように」、ソ連時代にスターリンをネタにしたほぼ同じ小話があった）。あ、そういえば昨日、ルーキチ君がどうしてあんなに早くいろいろなことを思い出せたのか考えてたときに、いいネタを思いついたんですよ――『ここは昏睡状態から目覚める人にとって最良の国である。いつまでたってもなにも変わらないからだ。眠ったままで何年もの歳月が過ぎても大丈夫。一ヶ月でも数年でも永遠でも……』」

「確かに、いつ患者が意識を回復しても、周囲は病前とまったく変わらないからね。ルーキチ君の快復スピードの速さの理由は実際それで説明がつく。時間の流れは滞ってしまった。彼はかつて目を閉じたままの場所で目を覚ました。多少の変化についてはこちらも説明してあげているが、基本的にはほとんど変わらない。人の脳が以前の状態を取り戻すためにはそのきっかけが重要だ、過去をひらく鍵というのかな。ここにはその鍵が山のようにある。街は、たとえば建物を見てもなんら変化はない。もし意欲ある情熱的な建築家がいたら恐怖と退屈で首をくくってしまうだろうね。新しく建つとしても数十年前とまったく同じような建物だ。しかも逆に彼の幼少期の記憶まで呼び覚ましてくれる要素も多い。街に出てる看板を見てみろよ、社会主義時代そっくりそのままのプロパガンダだ。この国は時代に逆行してる。五ヶ年計画まで作って、その内容も『一九八〇年代に戻りましょう』と言ってるにひとしい。それより少しでも進んでればいいほうだ。国民は農耕の成果のことだけを考え、戦勝パレードのときは首都の目抜き通りに国民経済の達成を祝うトレーラーが通り、集団農場の人々が行進し、体操選手が組体操をする――これだけ揃えば余裕で子供時代を思い出せるだろう。国をあげて、あの子の子供時代を舞台装飾さながらに再現している。国もずいぶん助けてくれたもんだね。薬は足りないが、あの子に限ってはこれ以上ない治療法だよ」

「そうですね。理不尽でどうしようもなさすぎて、この国は過去に取り残された人を救うためだけにそれをやってるんじゃないかって信じたくもなってきますよ。もちろん、そうじゃないでしょうけど」

フランツィスクは幼いころの写真が貼られたアルバムを眺めていたが、当直室の会話は一語一句聞こえていた。聞けてよかった、とツィスクは思う。ここ数ヶ月のあいだスタースや母さんが説明しようとしてくれていたことについて、だいぶまともに理解できるようになった気がしたから。あいまいな線と点がゆっくりと形になっていく。数ヶ月のもどかしい説明や解説に耳を傾け続けたツィスクは、ようやく家に帰れることになった——かつてあるとき、学校へ出かけたきりだった場所へ。

「それ、新しいジーパン？」

「え、いや違うよ」スタースは意外そうに答える。「さて、どうだ嬉しいか」

「もちろん嬉しいよ、すごく嬉しい……」

「俺はさ、いつかこうなるって思ってたよ」

「なにが？」

「なにがって、おまえが元気になることに決まってるだろ」

「よくそう思えたね……」

「思うさ。なんていうか、予感っていうのかな……。ぜったいにいい結末に終わるっていう気がしたんだ……。見ろよ、この十年で病院の壁紙もずいぶん色落ちしたな。でもなんか、あっというまだった気もする。おまえが事故に遭ったって聞かされたのが昨日のことみたいに思える。なんか早いよな。ここ数年の記憶があるから、かろうじていまここでこうしておまえと話をしてるのが信じられるけど。とにかくにわかには信じがたいけど、こうなると思ってたのはほんとうなんだ、ずっと思ってた」

「うん……」

「なんだよ、あんまり嬉しそうじゃないな」

「そんなことないよ、大丈夫」

「お母さんたちは来てないのか」

「いなくていい。ひとりで帰るって決めたんだ……。母さんは今日は忙しいし、夕食の支度もあるからって。昨日ほら、鍵を持ってきてくれた。あ、そうだ、帰る前にばあちゃんのお墓に寄ってもいい？」

「あとでいくらでも行けるよ、心配すんな。それよりも今日はようやく家で眠れるってことでも考えようぜ」

「眠れるかな。最近あんまり眠れなくてさ。不眠に悩まされてる」

「偉い!」

「え?」

「いまおまえ、ひとつの言語だけで話せてたんだよ。まったく混ざらずに。それが偉いって言ったの。眠れないことについてじゃないよ、もちろん。そういえば俺は今日、ひどい夢をみたんだ。おまえと一緒にオペラだか交響楽団だかのコンサートホールにいてさ、大統領選に立候補する人たちが出演していて、充実した会でみんな幸せそうで、でもいきなり会場に無線機を持った私服警官がなだれ込んできて、会場にいた人みんなをつかまえては殴りつけた。みんな逃げ惑ったり床に倒れたりして……それはそこで終わって……ほら夢っていきなり変わったりするだろ、それで気づいたらこんどは家にいて、夜中なのにすごく明るくて玄関のベルが鳴ってて、ああ特殊警察が来たってわかって……。伯母さんが踊り場へ出て俺はいないって言ってくれようとするんだけどもう遅くて、連中はドアノブを押さえてる俺に気づいて力ずくで中へ入ってきて……伯母さんは風呂場に連れていかれて、ああ殺されるって思ったけどなぜかお茶を飲まされて元気に出てきた。俺が喜んだのもつかの間、伯母さんは吐いて苦しみだした。俺をかくまおうとしたから、あいつらはそういうことをしたらどうなるか伯母さんにわからせようとしてるんだと思った。俺はばかでかい男につかまって、『よその国の大統領のことならなにをどう言おうとどう書こうと勝手だが、この国の大統領のことはだめだ、わかったな!』って言いながら首を絞められた。怖えのなんの。俺は自分が悪かったと思ってずっと謝りながら、『はい……おっしゃる通りです……。でもじゃあ、なにが良くてなにがいけないのか教えてください。していいことだけでいいから教えてください……その通りにしますから……』って言ってた。それから署名をさせられて、そいつらが出ていったあとこんどはとなりの家の人たちがうちに隠してた物をとりにきて、俺はとなりに隠した物をとりにいく……。すげえだろ。しかもまだ目が覚めない。面白いことに夢んなかで朝がきて、俺はどういうわけか、昨日会場の取り締まりをしてそのあとうちに来た若い男たちと一緒に公園を散歩してる。歩きながら談笑して、そいつらが『おまえらの気持ちもわかる、でもこっちの事情もわかってくれ、命令を遂行しなきゃ殺されるんだから』って言うから、俺は『でも全員殺されるわけじゃないだろ、そんなに殺せるわけないんだから』って返したら、『全員殺されるわけじゃないことも、もちろんわかってる。でも恐ろしいことに、ほかの誰でもなく自分が殺されるって感じるんだ。ほかでもない自分が殺されて、そしたら問題が明るみに出て、みんなようやく俺の抵抗を認めてくれて、このままじゃいけないってことになるかもしれないけど、だからって俺は生き返らないし、ようやく組織が変わったとしてそれを見届けることすらできない。そう思うからこそ俺たちはこういうことをやり続けてるんだ、自分以外の誰かが殺されてみんなが理解すればいいのにって思いながら……』って言われて。そんな夢をみたんだ……」

「支度できたよ」

「ああごめん、つい夢中で話しちゃって。そういえば、この病室もあのポスターとかおまえの物とかがぜんぶなくなるとずいぶん広くみえるな」

「そうかな……」

「ああ、まあそうか、おまえは自分が眠ってたときの病室がどんなだったか知らないんだっけ。それにしてもほんとに元気ないなあ、こんなに晴れがましい日だっていうのに！」

「いや、嬉しいし幸せだと思ってるよ、ただ早くここから出ていきたくて……」

「え、お義父さんのとこには寄らないのか？」

「なんで行かなきゃいけないんだよ」

「知らないけど。だって一応ずっと診てくれてたんだろ。おまえのためにいろいろしてくれたんだろ」

「さいわい、なんにも覚えてないけどね」

「礼くらい言ってけよ」

「これからいくらでも言えるよ」

「あ、おいメトロノーム忘れてるぞ！」

＊　＊　＊

フランツィスクは母の住む家のドアを開けた。新しい鍵で。フランツィスクがいたころ、ここに鍵はひとつしかついていなかった。フランツィスクも母も泥棒の心配はしないたちだった。かなり幼いころから、母は息子の首に鍵をぶらさげた。ツィスクはそれを十字架のようにいつも身につけていた。いま目の前には二重のドアがあり、それぞれのドアに二つずつ、全部で四つ鍵がある。昔の祖母の家とそっくり同じだ。どの鍵がどの鍵穴に合うのかを探しあてるのにずいぶん手間どった。誰も事前に教えてくれなかった。空色の鍵は上の鍵、地面のように黒い鍵はもちろん下の鍵、と。母は無造作に鍵束を渡し、息子がここ十年そのドアを開けていないことをすっかり忘れていたのだった。

まずフランツィスクが思い出したのは、この部屋にいつも漂っていた異臭だ。母は大の猫好きだった。家猫たちは室内の陣地を争うため年中マーキングをしていた。ツィスクは人の家とも思えないその異臭が恥ずかしくて女の子も男友達も呼べなかった。赤ん坊が生まれたのをきっかけに猫たちは親戚に配られ別荘に連れていかれたが、異臭は消えなかった。敷居をまたいだその瞬間にフランツィスクは、ああ帰ってきた、と感じた。壁紙は義父が張り替えたらしいが、それでも見知った廊下は懐かしかった。

「コーリャの子供部屋を見てみる?」

「うん……」

自分の部屋に足を踏み入れ、フランツィスクはどうして母さんは『コーリャの』部屋だと言ったんだろうと考える。この部屋は自分のものだった。少年時代の記憶では。十年眠っていたとはいえ、彼は新たな住人のために塗り替えられたその空間を隅々まで知り尽くしていた。ツィスクのおもちゃや飛行機のプラモデルがあり、空気は抜けているがやはりツィスクのボールも転がっていた。でもそれ以外はどうやらすべて新しい王子様のためのものらしい。ベッドサイドには最近の強豪チームの試合結果が貼られていて、勉強机に置かれたパソコンと地球儀の横には、よそよそしい赤と緑の国旗が飾ってある。ツィスクはひととおり部屋を見回し、なんだか女の子の部屋みたいだ、と思う。ずいぶんきれいに片付けてるんだな。几帳面に正しく整頓して。僕がこの部屋の主人公だったころは、とっちらかってたのに。整理整頓なんてぜったいしなかった。いつも母さんに、このほうが便利なんだもん、って言ってたっけ。

フランツィスクは机に近づき、縮尺一六分の一の赤いオープンカーの模型を持ちあげる。手にとったかとらないかのうちに、背後からふきげんな子供の声がした——

「とらないで、僕んだよ！」

フランツィスクは言い返そうとしたが、もし自分が弟の立場だったらまったく同じことを言っただろうと思ってやめた。年齢には逆らえない。いま王冠をかぶっているのは弟なのだ。この3ＬＤＫの支配者はこの子だし、このベッドに眠りこの机に向かっているのもこの子なのだ。この窓も、窓の向こうの植物園も、昔ツィスクがもらった空間の隅々まですべてが、ほかの誰でもないこの子だけのものだ。物がいっぱいつまった棚も、猫のおしっこだらけの絨毯も。

「ごめんごめん、このドア開くのかなって思ってさ」

「開くよ！」コーリャは模型を手にとって言った。コーリャは自分のだぞと言わんばかりに車を手のなかで転がしながら、ぜんぶ本物そっくりに作ってあって、本物とおんなじでハンドルを回せばちゃんとタイヤも動くんだよ、と話す。

フランツィスクは弟の頭を撫でて廊下へ出た。義父が帰ってくるまではまだしばらくあるだろう。黙って部屋のなかをうろつく。幽霊のように音もなく部屋から部屋へと渡り歩き、座り、息をひそめてみる。廊下に置いてある靴や居間に並ぶ本や風呂場のシャンプーや親の寝室の絨毯を眺める。ツィスクは立ちあがり、五分前に呆然と立ち尽くしていた彼を母が出迎えた場所まで戻った。忘れていた記憶が次々に蘇る。メガネケース、マグカップ、絵、コンセント——なにを見ても。あのセイロン紅茶の缶箱には証明書の類がしまってあった。あの象の置物の欠けた牙は、いつだったか母さんが怒って僕に投げつけたときに折れた。あの写真を撮ったときのことも、壁紙を買ったときのことも、花瓶や本が誰にプレゼントされたものかも思い出せる。

「ねえ母さん、このテレビいつのだっけ」

「思い出せないくらい古いわね……」

「母さんたちが言うみたいにほんとにいまが二〇〇九年なら、このテレビはたぶん……」

「そうそう、二十年近く使ってるわ。おばあちゃんと一緒に『白樺屋』で買ってきたのが一九九一年だから、考えてみればそうね。当時は外貨で買ってたの。お父さんは大画面の薄型プラズマテレビが欲しいっていうけど、私は反対。新しいテレビなんていらないでしょ、これがまだちゃんと映るんだから。そうでしょ。古いのがだめになってないのに新しい製品を買うなんてもったいないじゃないの。そういうのって良くないと思うのよ。このテレビなんか私たちより長生きするんじゃないかしら。こっちの製品よりずっと丈夫にしっかり作られてたのねえ。国産製品はあちこちで不具合ばっかり起こしてるけど、このテレビはすごくしっかり長持ちするようにできてるんだわ。それで、夕ごはんは食べてく？」

「え？　そりゃまあ……ていうかほかにどこも行くとこないし」

「あ、そうそう……ごめんなさい、言い忘れてたわ。あのね、あなたはもうずいぶん大きくなったから、きっとひとり暮らしのほうがいいんじゃないかって話になったの。私たちみたいな中年にかかずらうより。弟ともあんまりノリがあわないかもしれないし。ね、あなたたちタイプがぜんぜん違うし、お互いよく知らないでしょう。時間が必要だと思うの、いますぐってのは難しくて、ほら、街（ローマ）は一日にしてならずっていうのと同じで。もしあなたが越してきたら……ここにいたら、あの子はちょっと気づまりっていうか、遠慮しちゃうと思うのよ、恥ずかしがって。まあだからあなたはひとり暮らしのほうがいいってことになって。あなたはこれから新たに困難な人生に立ち向かっていくんだし、結婚相手も仕事も見つけなきゃいけない。もちろん私たちはそのための手助けはするつもりだから、心配しないで。でもゆくゆくはひとりで生きていかなきゃいけない。お父さんはね、なるべく早くひとりにさせたほうが、あなたのためになるって言ってるの。ひとりで生きられるようにならなきゃ。人生は――つらく長く苦しい試練なの。誰も助けてくれない。方舟はすべての人を乗せられない。弱い者は泳いで岸にたどり着かなきゃいけない。お父さんはね、あなたはきっとあとで私たちに感謝してくれるって言ってたわ。これ用意しておいたの、はい、携帯電話とお金と鍵。あ、お金の感覚わかるかしら。いまの貨幣価値がどのくらいか知ってる？」

「どうにかなるよ」

「電話の使いかたはわかる?」

「もういいよ!」

「待って、どこ行くのよ。夕ごはん食べていくんじゃないの?」

「いや、いらない。ちょっと散歩でもしていく」

「そう……じゃあいいけど……。でもひとりでおばあちゃんの家まで行ける?」

「なに言ってんだよ、道を渡ってすぐじゃんか!」

「忘れちゃったかもしれないと思って。だってあなたの記憶がどういう状態なのかぜんぜんわからないし。誰にもわからないのよ。お医者さんたちは口をそろえてすばらしいって言うけど、実際になにがどうなってるのか誰も教えてくれないんだもの。だから心配して訊いてるんじゃないの。はい、念のためここに住所書いておいたから。そうそう、前とは違う部屋だってことも知らないでしょ」

「前とは違うって? リフォームでもしたの?」

「すごい! ずいぶん正しい言葉でしゃべるようになったわねえ!」

「そんなことといいから、違うってどういうこと?」

「いろいろたいへんだったのよ……それで、おばあちゃんがもともと住んでた部屋は売っちゃったの……でもおばあちゃんが自分でそうしてくれって言ったのよ……私たちは最後まで反対したんだけど……でも結局売ることになって……でもそのおかげであなたはこうして中心部に自分の部屋を持てることになったわけでしょ。あなたの歳でマンション持ってるなんてすごいじゃない！」

「うん……、ありがとう、なにからなにまで」

「あらなによ改まって」

「いや、僕のせいでいろいろたいへんな目にあったんだろ。ほんとに、感謝してるよ」

「いいのよそんなの！」母はわっと泣きだした。「ばかね、そんなこと。なにも特別なことなんかしてないわ。私と同じ立場ならみんながそうした通りのことをしただけ、ただあなたのそばに寄り添っていただけなんだから。それで、ほんとにごはん食べていかないの？」

「うん、そうしてよければ。ふらっとその辺を歩いてみたいんだ」

「そう……そうよね、散歩するといいわ。旅行代理店のところから科学アカデミーを回って、フィルハーモニーのあたりまで行って戻ってくるのがいいんじゃないかしら」

フランツィスクは外に出た。広場では子供たちが遊んでいた。ツィスクはその様子に目を奪われた。デモの弾圧ごっこだ。棒を持った子供たちは警官の役で、くじで反体制派を引いてしまった子供たちをこづいてまわっている。眉のあたりを殴られた男の子が泣きだし、その顔に涙と血が流れているのを見て、さっきその子を殴ったばかりの「警官」たちは手をとめた。あの子たちはごっこ遊びがしたかったのであって、誰かを傷つけたかったわけではない。それと同時に、子供たちはもし怒られて外に遊びにいかせてもらえなくなったら、もう棒で殴りあうこともできなくなるのを恐れている。手をとめた子供たちは血まみれの男の子が泣きやんでゲームが再開されるのをじっと待っている。フランツィスクはその子たちを眺めながら、これはほんとうに自分の慣れ親しんだ広場だろうかと考える。一見したところはなにも変わっていないように見えた。ぶらんこも昔のまま、建物もそのままだが、空気が違う。目には見えないなにかが変わっている。空気というか、ぽっかりとあいた空洞のようなものが。白枠が描かれただけの駐車場には真新しいピカピカの車が並んでいる。ツィスクはじっくりと車を眺めてまわった。こんな車がいつか自分の目の前に現れるなんて、思いもしなかった。大きくて流線型の不思議な車体はずいぶんと丸みを帯びている。こういう車はガムのおまけについてくる絵でしか見たことがないし、あれはコンセプトカーのイラストだったけど、それが現実になってうちの前の駐車場に停めてある。フランツィスクは帰る途中にスタースが話してくれたことを思い出した。

「とにかく人が車のことばっかり考えるようにできてんの。こんど散歩したりカフェに入ったりしたら、意識して人の話に聞き耳をたててみろよ、みんな車の話ばっかりしてるから。近年の成功の証といえば車だ。車の輸入関税や自動車税がものすごく低いから、そのせいでこの国はずいぶんいい暮らしをしてるようにみえる。東の国じゃ同じ車でも三割は高い。だからみんな取り憑かれたみたいに車、車ってさ。猫も杓子もそうなるように仕組まれてんだよ」

フランツィスクはスタースの言葉をなぞり、そういう問題じゃないんじゃないか、と考える。(自動車税や輸入関税の問題じゃない。ぜったい違う。こんなにすごい車があるからだ。すげ

えじゃん、大きくて立派で。近所の誰かがこんな車に乗ってるなんて信じらんないよ）

フランツィスクに最初の夢ができた。

ホームセンター「千の日用品」の前を通りすぎると、その昔、自分を記念して街の改名をする法律に署名した人の名がつけられた広場がある。広場の中心には銅像があり銅像の上には鳥がとまっていた。鳥は臣下の者たちを見るように通行人を眺めている。人々はせわしなく行き交い、鳥はときどき足踏みをする。あれはこの地に居着いている鳥だ。長い距離を飛んで暖かい地方へ向かうより地元の地下鉄の通路のほうが好きなその鳥は年老いていて、そんな生活のせいでどこか間の抜けた感じがする。鳥を見ながらフランツィスクは、地球上にはたとえ数千年を生きたとしても賢くならない生き物もいるんだな、と考える。鳥は銅像にフンをして飛びたつ。

祖母の家はとても狭かった。間仕切りで仕切られた窓の二つある部屋と浴室。以上。それだけだ。祖母が義父にどうしてもと言って残しておいた自転車は廊下をふさいでおり、客間兼寝室に入るためにはその自転車を台所へ移動させなければならない。

ツィスクは電気をつけた。薄暗いあかりが灯る。ソケットは胎児に似ている。スイッチにはシールが貼ってあり「消すこと」と書いてあった。フランツィスクは微笑んだ。そのシールは十年間昏睡状態だった青年にではなく、ツィスクに向けて書かれたものだったから。あのころツィスクはしょっちゅうアイロンやテレビやドライヤーのスイッチを切り忘れ、呆れはてた祖母は家じゅうにシールを貼ってまわっていた――「忘れずに！」「再度確認！」「つけたら消す！」

寝室スペースはベッドとピアノとチェロでいっぱいだった。ツィスクが立っている台所にはテーブルがあり、その上には来たるべき時を待ち身じろぎもせず、かすかに息づいている手紙があった。フランツィスクは手紙を手にとり、背もたれのない椅子に腰をおろす。椅子はきしんで音をたてる。

「こんにちは、こんにちは。

あんたがいつかこの手紙を読んでくれるって、わかってたよ。ぜったいそうなるってずっと思ってた。信じる気持ちしかなかった。いまここであんたが声にだしてこの手紙を読んでくれるのを知ってたから、生きていられた。

これを読んでるってことは、あたしはもういないっていうことになる。でも心配しなくていい。ほんとうだよ、まったく大丈夫だ。だからとにかく、泣いたり悲しんだりしないでね。あたしが死んだときには、あたしはもういなかったんだから。あんたのばあちゃんは、一度だって死を恐れたことはなかった。怖くなかった。怖いものや失くすものなんておよそ思いあたらないからね。幸せってのはあんた抜きには考えられなかった。あたしはとっても長く幸福な人生を送ってきた。ほんとにほんとだよ、別にあんたを元気づけようとして書いてるわけじゃない。いやいや、ぜんぜんそんなんじゃない。ほんとうに、幸せな人生だったよ。だって、あんたがいたからね。あんたが目を覚ます瞬間を見られなかったのだけは残念だ。ひとつ気になるのは、いったいどのくらい時間が経ったかってことだけどね。いつまで寝てたんだ？　一年か、二年か。あたしの寿命はどれだけ足りなかったんだろう。ずいぶんたくさん寝たねえ。ときどき、あんたが眠り続けるのは、意地をはってるだけなんじゃないかと思うこともあったよ。そう、あんたはいつだって反抗ばかりして！　まあいい、そんなことよりこれからどう生きていくかって話をしよう。まず、これは大事なことだと思うけど、親を恨むんじゃないよ。ぜったいに。そりゃあ誰にだって欠点はある。あたしが本人の立場だったとしてもどうしたかわからない――念頭においてるのはまず母さんのことだ。まあ、あんたの義理の父さんもなかなかのもんだけどね。

お金については心配しなくていい。あんたのために少し貯めておいた。隠し場所を手紙に書こうかとも思ったけど、先に誰かがこの手紙を読んでしまうかもしれないと思ってやめた。ばあちゃんがいつも、へそくりを隠していた場所を覚えてるだろう。あそこにあるよ。お金に困ったらシャンデリアを売りなさい、あんたはあんまり気に入ってなかったが、なんといっても本物のクリスタルだ。アクセサリーや陶磁器はおそらくすでに母さんがぜんぶ持っていってしまっただろうけど、あれはぜんぶツィスクのものだと遺言に残しておいた。銀のスプーンとクリスタルガラスの食器とティーセットが二脚ある。遠慮しないで母さんに返してもらいなさい。売るつもりがないとしても、あんたの部屋に置いておくといい。

さて次だ……。とにかく書き忘れがないようにしなきゃね、ばあちゃんの記憶力もだいぶあやしくなってきたから。なんの話をしてたっけ。ああそうだ、お金だ。貯めたといってもたいした蓄えはないから、これから苦労するだろう。でも気をしっかり持って、あきらめずにがんばるんだよ。いまはみんなたいへんな思いをしてるけど、いちばん肝心なのは、お金がないのを恥じないことだ。あんたは学校でいちばんセンスのいい格好をしたがって、持ち物にもシャツにも運動靴にもこだわってたけど、今後はやめなさい。約束しておくれ。いい服にお金をつぎ込んだりしないで、それよりも健康的な食事をとるように気をつけるんだ。どんな服をどう着こなすかなんてまったく重要じゃない。中身のあんたがどういう人間かが大事なんだから。質素な服を着てたってぜんぜん平気だよ。そういうものだって、みんなわかってるから。最近はもう誰も服で人を判断したりしない。だから高い服なんか買わないように！

ドイッのご夫妻には必ず電話しなさい。事故のあとすぐにかけつけて、それからずっと援助してくれてたんだよ。必要な医薬品や、物やお金を送ってくれた。昔は——あんたは子供だったからわからなかっただろうけど、あたしも母さんもあの人たちにやきもちを焼いていた、でもそんな問題はすっかりなくなった。すべてが変わって、あのご夫妻は家族の一員になった。ほんとうの家族も同然だ。忘れずに、大事にしなさい。いい人たちだ——あたしもこの十年でだいぶ人のよしあしがわかるようになった。まあ、人のよしあしなんて決めつけるのはよくないけどね。そうじゃなく、ちゃんと決断しなさい。いいかい。必ずドイッに電話するんだよ、きっと喜んでくれる。実際もうあんたにとって、他人じゃないんだから。

さあて次だ。ノーラおばさんはアメリカに引っ越した。ときどき電話で話してる。こっちからは高くてかけられないけど、ノーラおばさんがかけてきてくれる。おばさんが飼ってた犬、チャウチャウのアニータちゃんは、向こうで死んでしまったって。話によると飛行機でだいぶ疲弊してまいってしまって、そのまま二ヶ月後に息を引きとったらしい。夫のヨシフさんのほうは、もう九十一歳になるけど元気だって。ああ、あたしたちは歳をとったね。人生はあっというまに、気づかないうちに終わる。あんたが眠っていた期間よりもずっと早く。ほんとうに、あっけなく過ぎ去る。だから時間を無駄にしないように。ゲームとかテレビとかくだらないことに使わないで、外を歩いたりコンサートへ行ったり本を読んだりしなさい。サッカーを観るのもいい。あたしも家にいるときはたまに観る、いや観るというより聴いてるんだ。目がすっかり悪くなってね。目がひどく痛んでよく見えないから、テレビをつけたらテレビに背を向けて、音だけ聴くようにしてる。あんたの病室にいないで家に帰ったときはいつもサッカーを聴く。このあいだも実にいい試合があった。みんな立派にプレーするねえ。もっとも、どこ対どこの試合だったかは忘れちゃって……すぐには思い出せないけど、解説者も大興奮で絶叫してたよ。

徴兵制度については安心していい。ばあちゃんが必要な書類をぜんぶ揃えてちゃーんと提出しておいた——あんたは不適格だ！　そういうわけで軍隊にはとられなくてすむから、胸を張って仕事を探しなさい。残念ながら大学進学は難しいかもしれない。高校中退の証明書しか出してもらえなかったから。でもね、高校だけは卒業しなさい。この問題については気苦労も多いだろう。誰も助けてくれないし、自分で切り抜けなきゃいけない。でもほかの子たちより年上だなんてことを気にするんじゃないよ。あんたはもうみんなよりずっと賢いんだから、高校卒業の認定試験を受ければいい。だから安心して、とにかくやると決めてやってしまいなさい。ね、ばあちゃんのためだと思って。

時間があったらお墓参りに来てね。あたしが墓石の下の土のなかに寝てることは気にしなくていい。なかなかいい墓石だ、もう自分で選んで代金も払っておいたから心配ない。それにしても死ぬのは高くつくようになった。みんな冗談にしてるけど、ほんとうにそうなんだ、ひとりぼっちの年金生活者にとって、死はあまりに高すぎる買い物だ。

というわけで、あたしが土のなかにいるのは気にしなくていい。そんなのはぜんぶ、かりそめの想定なんだから。いまだって、あたしはそばにいないのに、こうして会話できているだろう。大丈夫、ツィスクの声はちゃんと聴こえてる。だからきっと来て、話しておくれよ。あんたの声をずいぶん聴いてないから、さみしくていけない。いつかまたあんたの声を聴くためだけに生きてきたんだ。だからおいで。しょっちゅうじゃなくていい。やるべきこともたくさんあるだろうし、いろんなものを見たり、いろんなところへ行ったり、やりたいこともいっぱいあるだろう。やり逃したことを残らず経験したいだろう、でも、だからといってばあちゃんのことも忘れないでおくれ。来てくれるだけでいい。そしたら、なにかしら反応はしてみせるよ。ついでにご先祖さんの紹介もしておこう。となりには、ひいおばあちゃんのターニャとひいおじいちゃんのサーシャのお墓がある。六歳のときにひいおじいちゃんがチェスを教えてくれたの、覚えてるかい。あんたはチェスの仕組みをすぐ覚えたのに、おじいちゃんは凝り性なもんだから長々と説明を続けてた。ナイトが動けるのはこことここだ、こことここだ、って。あんたはずっと『もうわかったよー』って繰り返してた。しまいに、おじいちゃんはあんたの飲み込みの早さを落ち着きのなさと勘違いして、教えるのをやめてしまった。こんなこと、あんたはもう忘れただろうけど、あたしは覚えてる。そうそう、あのときのチェスも箱にしまってとってある。あんたの持ち物やら新聞の切り抜きやらは、ぜんぶその年ごとに分けて段ボールに入れておいたんだ。あたしが自分じゃ見つけられなかったニュースは、科学アカデミーの友達がインターネットで探してくれた。あれを順番に読んでいけば、なんでも思い出せるはずだ。家族の思い出や、近所のことや街のことは詳しく書いておいたし、国のことも少しは書いた。さいわい、ここ十年でこの街はさほど変わっていない。軽く表向きを改装した程度だ。むしろそのおかげでいろいろ思い出しやすいかもしれない、この街のことなんか数日で思い出せる。地名は変わったところも多いけど、これはふつうの人もみんな混乱してる。通りの名前はころころ変わるし、人はどんどん逮捕される。

　さて、これでぜんぶかな。いや……、そうだ、チェスの駒に混ざってひいおじいちゃんの勲章がある。あれだけは大事にしてね。どんなに生活に困っても、あれだけは守って、どこにもやらないと約束しておくれ。

　よし、これでほんとうに終わりだ。おばあちゃんはほんとうにツィスクが大好きだった。そのうちあんたに子供ができて、女の子が生まれたら、あたしと同じ名前をつけてくれたら嬉しいね。子供を呼ぶとき、たまにはばあちゃんのことを思い出すかもしれない、あ、でも、つけたくなければつけなくていいよ。すまないね、そろそろ終わりにしようと思ったんだが、もうこれから一生誰にも手紙を書かないと思うとやめられなくて。ほかに手紙を書く人もいないし、話す相手もいない。友達や親戚の誰より長生きしてしまった。だめだね。友達のなかでいちばん最初とまではいかないまでも、ちょうどいいときに死んでおかないと、人は死ぬのを恐れているうちに、しまいには怖いのは死ぬことじゃなく、こうして取り残されて生きることなんだってわかる、なんてことにもなりかねない。こんなこと書いてごめんよ、あんたはここまで読み進めないかもしれないし、ばあちゃんはいつも長々とお説教してばっかりだったたって思うかもしれないけど、そうじゃない、ぜんぜんそうじゃない。ただばあちゃんはあんたのことが、かわいくてかわいくて仕方がなかったんだ。それでいまになって、思う存分しゃべってしまいたくなって、でもばかだね、ばかだ、わかってる。大好きだよ。ばあちゃんより」

フランツィスクは手紙を置いた。涙を拭き、ベランダへの通行を妨げている段ボール箱に歩み寄る。一九八七年、一九九三年。フランツィスクはすぐにチェス盤を見つけた。ルークをつまんで黒いマスに置いてみてから、チェスのことなんてまったく知らないと気づく。駒を進めてゲームをするのはわかるけど、どう動くのかさっぱりわからない。

チェスの駒に続いてテーブルの上に出てきたのは、プラスチックの兵隊人形、写真、雑誌、楽譜に鉛筆にマジックペン。ブロックのおもちゃ、おはなし朗読カセットテープ、ミサンガ、レインボースプリング、ノート。連絡帳、シール、おえかきちょう。ひいじいちゃんの勲章だけがなかったが、このときのツィスクはあまり気に留めなかった。信じられない光景を目にしている気分だった。覚えていたものもあれば、見た瞬間に蘇る記憶もある。遺跡から発掘されていく幼少期。手でじかに触れられる亡霊たち。だけどナスチャの電話番号には、かけないほうがよかったかもしれない。

受話器をとったのはスタースだった。

「はいもしもし。もしもーし？　どなたですか。なにか言ってください。そもそも何時だと思ってるんですか？」

フランツィスクは番号を間違えたと思い、受話器を置いた。するとすぐにスタースがかけ直してきた。

「いまの、おまえだよな。悪い、ぜんぶ説明する……」

＊　　＊　　＊

スタースと会ったのは一週間後だった。フランツィスクは、まずはひとりになりたかった。なにもかも思い出し、新聞の切り抜きをぜんぶ読み、すべての写真をじっくり見る。部屋を片付け、懐かしい近所を犬みたいに嗅ぎまわる。そうして二人は中心街で待ち合わせた。

「俺たちの背後にあるのが美術館で、いちばんの見どころは……」

「なにも見どころがないところだろ」ツィスクはふざけて言った。

「その通り！　でもこのまえ、ちょっとした出来事があってさ……。美術館が有名な芸術家の作った陶磁器の皿を二つ購入した。それでそのたった二つの皿をものすごい大げさに宣伝した。そんなことしたってもちろん蜂蜜祭のほうがよっぽど人が集まるけど、それにしてもすごい宣伝だったな……（パブロ・ピカソ作の陶磁器。二〇〇九年春にミンスクの国立美術館で大々的に展覧会がおこなわれた）。まあいいや、美術館も思い出したし次に行こうぜ。大通りを渡れば大聖堂地区で、その向こうにはおまえが命を落としかけた場所がある。でも今日はやめておこう、別のルートを考えてある」

「ありがとう、優しいな」

「ははっ、いいよ礼なんて」

＊　　＊　　＊

「ここのカフェに入ろう」

「うん。なんて店？」

「ニュース・カフェ」

「なんか高そうだな」

「安くはないけど、大丈夫——おごるぜ。ほら、いいところだろ？」

「うん、いいね」

「この街でいちばんいい場所のひとつだ。ここなら、少なくとも前世紀に生きてるような気分にはならなくてすむ。そんなにないんだよ、こういう悪くない、それどころか快適な場所って。ここには外国人やビジネスマンやジャーナリストや大使もよく来てる」

「あと、見たとこ娼婦もいるな……」

「そう、たくさんいるよ。ほとんどの女の子がパトロンを探してる。いい暮らしを求めて。仕事や勉強に打ち込む意味なんかわからなくなるだろ、ここへきてジュースを頼んで三十分も座ってれば、必ず生活の面倒をみてくれる人が寄ってくるんだから。言ってるそばからほら、見ろよ」


その三人は近くの席にいた。壮年のドイツ人、通訳の女の子、それから通訳と同年代の、化粧の濃いむちむちしたブロンドの女の子。

「映画はお好きですか、と訊いていています」と、通訳はカップをソーサーに置いて伝えた。

「まあ、別に行ってもいいけど……」

「Ja（はい）!」通訳は訳した。


どう見ても盛りあがっているとは思えなかったが、この会話がたんなる形式的なものにすぎないことは三人とも承知しているようだ。この先の展開は実に簡単だ。女の子たちが話を進めるそばからスタースは説明した。これは通訳つきの最初で最後のデートで、今後は二人だけのすばらしい結末が待っている。男は女の子に食事をおごり服を買い、女の子は体を委ねる――多くても月に数回。あの歳じゃどっちにしろそれ以上は無理だ。女の子にしてみれば悪くない話だ。相手はなかなか上品な匂いがするし、彼氏も反対しない。母親だって、その外国人がいい人ならいいわよ、ってなもんだ。台所の水回りの修理もずっとしてないし。この手のドイツ人はけっこう紳士的らしいし、娘が関係を持っておけば、少なくとも修理代くらいは出してくれる。

「ミハロークがいうように、カリスマと化した売春ってやつよ」

「ミハロークって誰？」

「聴いてみな」スタースはツィスクにCDウォークマンを渡すと、手をあげてウェイターを呼んだ。

「うわ、すごい薄型だ」

「もっと薄いのもあるよ。いいから聴いてみろ」

フランツィスクは物珍しげにウォークマンを眺めまわし、イヤホンを耳に入れて三角のボタンを押した。聞き覚えのある声が歌う――

遊べ　探せ　眠りのなかに　幼いころの夢を
遊べ　奏でろ　あたたかな　緑の春を

遊べ　歌え　なかよく　天の意思の歌を
遊べ　遊べ　牛を追い　運命を取り戻せ

フランツィスクは音楽を聴きながら通訳の女の子を見つめた。無遠慮にじっと、まっすぐ。茶色の、飢えたような美しい瞳から目が離せなくなる。あまりにあからさまに見続けるので、スタースが止めに入った。

「おい、そんなに見るなよ」

「へんなの。わかんないな。まったくわかんない。なんであのドイツ人はあの厚化粧のアホみたいな女を抱こうとしてるんだ、もう一人のほうじゃなく」

「通訳のことか？」

「うん。あの子のほうがずっときれいだろ。よく見ろよ。百倍いい。なんていうか、輝かんばかりだ、それにぜったい賢そうだし」

「その疑問にすでに答えが含まれてると思うよ。あいつは別にそんなの欲してない。なんでこんなふうに映画や文学について無意味な長話してると思う？　ここでは外国人だが、国に戻ればどこにでもいる整備士かなんかだ。映画の話なんてなんの意味もない。ただの目くらましさ。でも通訳の目はそんなことでくらませられない。顧客としてはそんなの相手にしても神経がすり減るし『やらせてくれなかったらどうしよう』って不安になるだけだ。あの人は気の利いた台詞の練習をするために旅行にきたわけじゃない。セックス・ツーリズムが提供するのはあくまでも割り切った関係だ、金を払ったからには成果を得なきゃ。そんなことくらい誰でもわかる。この国の産業の大半は欧州連合の経済制裁の対象だからこそ、女はほとんど唯一残された商売道具なんだ。あのブロンド女は栄誉賞を与えられてもいいくらいだよ。ほんとうさ、ここから四十キロほど郊外へ行ったところにあるどっかの傾いた会社なんかより、あの女のおっぱいのほうがよっぽど多額の資金を国にもたらせる。通訳は前金を払ったってあいつのものにはならないけど、あの女は今日ここでジュース代を払ってもらえただけで満足してる。リスクを冒す覚悟があるからな。あいつとだって、外国人だってだけで簡単に寝る。西側から来たチンコだから。通訳はそんなことに騙されない。自分で外国にだって行ける。あいつが国境付近のちいさな町に住むごくふつうの家のお父さんだってこともすぐ見抜く」

「僕はどうもあの子のこと知ってるような気がするんだけど」

「ブロンド女を?」

「通訳の子」

「でたよ。おまえ、これから出会うきれいな子はみんな知ってるような気がするんだろ」

「いや、ほんとに!」

「はいはい、ほんとに知ってるってことで。話してみたいのか?」

「どうやって女の子に声かけたらいいのか、あんまり覚えてないんだよね。しかも、考えてもみろよ。あの三人に近づいてあの会話に割って入って、『こんにちは。僕、十年くらい昏睡状態だったんだけど、なんだか君を知ってる気がするんだ。どこで会ったか、一緒に思い出してくれないかな』って言うのか？」

「きっかけとしては悪くないんじゃないの。もっとも、そしたらあの子はおまえのこと、お金がなくって高価なもので気をひくことができないからバカな作り話を考えて言い寄ってきた貧乏学生だと思うだろうけど」

「ぜったいそうだよな」


スタースは勘定をすませながら、このカフェのテーブルにはよく盗聴器が仕掛けてあって、いまのバカ話も誰かに聞かれてる可能性があると話した。まあ、どうでもいいけど。俺はべつにたいした人間じゃないから国家にマークされてるとは思えないし。

「どっちにしろ選挙までは誰も捕まんないよ。ここはほんとうに民主主義国家なんだって錯覚させる必要があるからな。だけどいちばん怖いのは選挙のあと——奴がまた当選してからだ。そしたらまたはじまる……。誰もがわかってるんだ」


再び大通りへ出ると、スタースはガイド役を買ってでた。新しくできた店やカフェ、レストランや小ぎれいな公園。スタースはこの街のちょっとした模様替えをいささか自慢げに話したが、フランツィスクはどれにもいまいち心を動かされない。街は十年経ってもほとんど変わっていなかった。テレビの宣伝看板なんかは以前もあったし、ファストフードの店も同じ場所にある。歩道の縁石がことごとく大理石になっているのは目新しくもなく、逆に昔を思い起こさせる。フランツィスクは通行人を眺め、ほとんどの人が寂しげでぐったりと疲れた顔をしていることに気づく。笑顔がない。ちょうど、フランツィスクがちいさな子供だったころのように。誰もが目を伏せて歩くのも、あのころと同じだ。

「ねえスタース、気づいてるだろ。ほとんどの人が、なんか変な臭いでも嗅いだような顔で歩いてるよな。何者かに鼻の下にウンコをなすりつけられて、でもどうしてくさいのかわかんない、みたいな顔してる」

「確かに！」

「どうして誰も笑ってないんだ？」

「笑う理由なんかあるかよ。おまえはまだ旅行者みたいにはたから見てんだな。ここで暮らしはじめたばかりだから。だけどもしこの十年ずっとここで生活してたら、ほとんど笑えなくなってたと思うよ。ウンコみてえなことなんか山のようにあるからさ。嗅ぐ覚悟はしとけ。数ヶ月後におまえがどうなってるか楽しみだな」

「ばあちゃんが少しお金を残してくれたんだ。ヨーロッパを旅してみたいんだけど、いまもまだビザって要るの？」

「そりゃ要るよ。なんたって第三世界の二流国民だからな。西側じゃみんな口をそろえて、俺らを助けなきゃいけない、扉を開かなきゃいけない、この国の住人だって同じ人間なんだって主張してるのに、ことビザの発給となると急に、大きな防弾ガラスの窓の向こうからしか話してくれない。外国の大使たちは防弾ガラスなしでこの国の女の子たちを抱くけど、俺たちのことはクソとしか思ってないような態度で接してくる。俺だってもし大統領お抱えのオーケストラに入ってなかったら、外国なんて夢のまた夢だったと思う。まあでも俺が行けた国なんてこことたいして変わんないようなとこばっかりさ。大統領はほとんどの国から制裁を受けていて、どこにも行けないからな。でも少しでも行けてよかった。ほとんどの国民は一度も外国に行ったことがないって知ってるか。すごいだろ。だからおまえが言うような顔してるんだよ。通行人が微笑みを交わし合う場所が世界のどこかに存在することすら想像もしていない。ほかの生き方なんて知らない。情報源はテレビだけで、世界はニュースキャスターが語る通りにできていると思ってる。たまにテレビをつけるとさ、キャスターの声音ひとつを聞いても驚くんだ。どうして大真面目にあんな話ができるんだろうって」

「たぶん、その人たちは自分が事実を語ってるって信じてるんじゃないの？」

「まあ……そうかもな……。もし高い給料をもらってるっていうなら金のためかとも思うけど、俺と変わんないくらいの安月給しかもらってない。食っていくためだけに、ほんの雀の涙しかもらってないのに、あんなにばかげた仕事をやってんだ」

フランツィスクは次から次へと質問をし、スタースは頭をひねりながら答える。劇場の近くまできたとき、ツィスクは言った。

「僕もいまここで働いてたかもしれないなんて……信じらんないな」

「そうならなくてよかったよ。実情は暗澹（あんたん）たるものだ。子供んときここへきたときのこと、覚えてるか。すげえ憧れて演奏家を見てたよな。高い楽器や、当時は格好よく思えた燕尾服。いま俺はその燕尾服を持ってはいるけど、なんてことはない。最後に洗ったのがいつか、思い出したくもないよ。水道修理の人やエレベーター係のほうがまだ自分の仕事着に愛着を持ってる。舞台の直前になっても緊張もしないし楽譜を見直しもしない。音を外したって演奏をはじめるタイミングが遅れたって、どうでもいいと思ってる。誰が気がつくかってんだ。大統領か？　あいつがオーケストラなんか抱えたのは誰かがそう助言したからってだけだ。打楽器奏者たちはいつもふざけあってるし、トロンボーン奏者なんか楽譜の上にヌード雑誌をのせてる。演奏中も雑誌のページばっかりめくって、楽譜なんか見向きもしない。こんな話、おまえにするのも嫌なくらいだよ……。みんな指揮者をばかにして……居眠りをごまかして演奏を続けて……。あんなのプロじゃない、ただの習い事みたいなもんだよ」

「いま中に入れる？」

「ああ、もちろん」

「でも通行証もないし……まだ身分証も作ってないよ」

「大丈夫だって！　俺だってなんも持ってないよ。でもここの奴らはみんな知ってるからさ、これでも一応ここでもたまには演奏してるんだから。おまえは俺の連れだって言えば大丈夫。でもほんとに中を見たいのか？　俺は正直、まったく入りたくないけど」

「いや、べつにいいや。じゃあここに座って話そうか」

フランツィスクはベンチに腰かけた。背後には事故後すぐに運ばれた病院がある。事故の現場もそこから一キロもいかないところにあったが、特に意識はしていなかった。立ちあがり、長年この劇場を取り囲んできた公園を出て旧市街のほうへ降りていけば——そこにあの地下通路がある。石段のうえの碑は、悲劇的な事故の犠牲者たちを追悼している——「国の心部に五十三の喪失」。でもツィスクは地下通路のことは思い出さず、スタースも口にしない。スタースは勇気を振り絞り、ナスチャの話をはじめていた。

「まあ、そういうわけでさ。おまえが電話かけてきたときは、ちょうど荷造りをしてた。あの部屋はもともとナスチャのもんだし。俺たち離婚するんだよ」

「なんで?」

「それは……気に障ったらごめん、おまえがいまナスチャをどう思ってんのか知らないけど、ナスチャはさっきカフェにいた女と同類だった。でも俺が悪いんだ。こうなることはわかってた。いまだにナスチャがどうして俺とつきあったのかよくわからない。たぶんナスチャはただ、あるひとつの世界からまったく別の世界に移ることができなかっただけだ。俺は大統領のお抱えのチンケな演奏家だけど、あいつの父さんはサッカー選手だった。もともと収入の桁が違う。おまけに八百長で裏金も稼いでた。そのせいでいまは、ばれて訴えられたから逃亡してるみたいだけど。覚えてるだろ、あいつの実家は窓から『涙の島』が見渡せるメゾネットマンションだ、でも俺にはなにもない」

「でもナスチャは僕ともつきあってたし……」

「いつの話だよ。それに当時のおまえは夏はドイツへ行くしいいもん持ってるし、学校じゃ誰よりイカしてた。そんでさ、その問題がはじまったのは二年くらい前なんだけど。でも、俺にはナスチャを責める権利なんかないんだ。ナスチャの母さんはナスチャの周りにいつも複数の年配のドイツ人の影があって高価な贈り物をもらってるのを見ても止めもせず、逆に『いいじゃないの』って勧めるくらいだった。俺が『なんでそんなにたくさん携帯があるんだ？　そんなにあってどうするんだよ』って訊いても、目を泳がせて『もらったの』とかなんとか言いわけする。『ナスチャ、これは高い物だ。こういったものをもらうと、それだけでくれる人との関係を決定づけてしまう。こんな贈り物を受けとるのはよくない、そもそも君には俺が、夫がいるじゃないか』と切りだしても、かまわずもらってくる。それどころか『あなたがお金を持ってないからって、くれる人を妬むことないでしょ』って開き直るようになった。そんな暮らしが続いた。航空券代やらアクセサリーやら時計やらをもらってくるナスチャを、俺は黙って見てるしかなかった。それが原因で喧嘩が絶えなくて、それでまあ、荷物をまとめて出てきた。こんな話をしたあとじゃ、おまえはきっともう俺とは口もききたくないかもしれないけど、でもそういう奇妙な状況になっちゃってさ……」

フランツィスクはしばらく黙っていた。それから小声で替え歌を口ずさんだ――

「良くない、良くない、良くないっていうよ～、友達の彼女をとるなんて～。それはそうだけど～、フランツィスクといたら、幸せになれないの、なれないの、なれないの～、そして運命は三人を深く結んだ〜。どうしよう、どうしよう、自分の心にいいきかせる？　あなたを好きになるなって？　そんなことできない、いなくなるほうがいい、でもあなたのやさしく悲しそうな瞳なしでは〜、人生にやすらぎはないの〜。……別に怒ってねえし、バーカ」

「バカはおめーだ！」

「ほんとだよ、怒ってない。昔の話じゃん。それよりおまえ、住むとこなくなったんだろ？俺んとこくる？」

「いやいいよ、ありがとう、正直にいうとちょっと女にアテがあって……」

「へっ！　ごちそうさま。いまさっき愛がどうだとか泣きついてきたと思ったら、ご本人にはアテがおありでしたか」

「おめーのじいちゃんクソ野郎」

「おめーのとうちゃんよりマシだね」

二人はかつて四階のトイレでしていたのと同じように、近い親戚や遠い親戚を数えあげ、頭脳や身体のありもしない欠陥をでたらめに並べたてていく。ひととおり終わると、さっきのニュース・カフェのコーヒーだけではどうも若者二人には物足りないという結論に至った。

「『ドゥルマン』に行くか」とスタースが誘った。

「えっ、あそこすごい高いだろ」

「いまはそうでもない」

着いた場所は記憶とはまったく違っていた。音楽院の向かいにあったそのレストランはかつて、自分には手の届かないすばらしい別世界のように思えていた。子供のころ音楽院の特別教室に通っていたとき、ツィスクはよく音楽院の窓からその高級そうなレストランを眺めた。当時のツィスクにはお金持ちに見えた人たちが、高そうな料理を食べていた。十年後、その場所はがらんとした食堂に変わっていた。入ってすぐのフロアにはひとけがない。奥のフロアではまるで売春宿のようにレジ脇にウェイターがずらりと並び、暇を持てあましてレジに立つママさんとなにやら楽しそうに話し込んでいる。

「喫煙席と禁煙席どちらになさいますか」

「どっちでもいいです」とフランツィスクは答えた。

「こちらとしてもどちらでも構いませんので、決めてください」


二人は窓際の席に案内された。となりでは大柄な男が食事をとっている。男は食べながらずっと電話をしている――「ああ……ああそうだ……はあ？　なんだって？　こないだ説明しただろ、何度も言わせんな！　知らねえよカス！　こっちはメシ食ってんだ！」

となりのテーブルを真似て、二人はこの店の看板料理、ソリャンカ・スープと焼きペリメニを頼んだ。

さいわい、じきにとなりの男はなんらかの差し迫った事態で呼びだされ、MIナンバー（政府要人用）の車に乗っていなくなった。店内はひとときの静まりをみせる。ウェイトレスがだるそうにテーブルを片付けると、すぐにどやどやと大勢の学生が入ってきた。男子も女子もいる、十人ほどの集団だ。みんな口々になにかを話し合っていたが、そのうち一人が「よし、そろそろやろうぜ、誰からいく？」と呼びかけた。「アクサークかラムゼスから始めてよ」と、スタースが見た瞬間に気に入った女の子が言い、アクサークと呼ばれた青年が話し始める。

「あれ、なんのゲーム？」ツィスクがテーブルに身を乗り出して訊く。

「いまいちばん流行ってる遊びだよ」

「どんな遊び？」

「理不尽ゲーム」

「なにそれ」

「簡単さ。みんなでひとつずつ、理不尽な話をする。ひとりずつ。話し終えたら誰かに順番を譲る。話すことがなくなったら抜ける。聞いててみな、面白いから。俺はちょっと手洗いに行ってくる」

「あ、僕も行きたい」

「あとにしろよ、とりあえず聞いてろ、マジで面白いから」

「どこの町だったかは覚えてないけど」と、アクサークは話した。「でもほんとうにあった話だ、確かめてくれてもいい。あるドイツの企業家が、この国でソーセージ工場を作った。なかなかうまくいって、地元の住民にもおいしいって人気だった。誰もが満足していた……長年ずっと混ぜ物入りのソーセージを製造していた国営工場の工場長を除いては。工場長は、すみやかに対処しないと工場は閉鎖に追い込まれ自分も解雇されてしまうと考えた。すでにかなり追い込まれた状態で、国営工場の製品は誰も買ってくれなくなっている。工場長はもちろん製品の改良なんてことは考えない。いやいや、彼にはもっとずっと深い考えがあった。ドイツ人の工場を閉鎖すればいい。これぞ正しき官僚の発想だ。しかしどうやって？　どうしたらドイツ人を追い出せるか。法令はきちんと守っているし、製品は国の規格基準を満たしている。誠実間違いなしの合法企業だ。町の人たちも満足だし、国は税金をもらってる。工場長は専門家をたくさん雇った。そしてとうとう腕利きの専門家たちはドイツ人の工場を閉鎖するための画期的な理由を見つけた。理不尽話ふたつぶんのボーナス点をもらいたいくらいの天才的な理由を！」

「早く教えてよ」

「はいはい。専門家たちが度重なる検証をおこなった結果、ドイツ人の作るソーセージは国の規格を上回っていることが発覚した。より優れているってことは、つまりは規格外だ。論理的だろ。実に論理的だ。ドイツ人の工場は閉鎖され、企業家は数百万の損失を抱えてドイツへ帰っていった」

「オーケー。じゃあ次、セルジの番ね」

「俺の話はもう少し単純だけど、ゲームを続ける権利はもらえると思う。大統領がいつものように官僚総出のスポーツ大会をやろうって言いだした。今回の競技はサッカーだ。大統領チームが勝つのは目に見えてるけど、参加することに意義がある。すべての高官たちは万全の体調でスタジアムに来るよう命じられた。唯一の例外として許されるのは死だけだ。諸官庁のチームはここぞというところで負ける準備をし、それまではユニフォームを整えたり靴紐を結び直したりする。みんな緊張のあまり血圧が上がっていた。なんたってフィールド上に現れるのはサッカーの殿堂入り選手より恐ろしい、大統領だ。そしてあるお偉いさんが靴紐を結ぼうとして身をかがめ、死んだ。この老人は重度の高血圧で、何年も前からいかなる運動も絶対に控えるよう厳重なドクターストップがかかっていた。でも彼は職を失い年金生活者になるのを恐れるあまり、人生最初で最後のサッカーの試合に出てしまった」

「合格。次！」

「スポーツの話がでたからには、それつながりでいこう。このとき大統領のチームが選んだのは氷上の決戦、アイスホッケー。いや、この話は前置きからはじめなきゃいけないな。試合前、大統領は対戦相手らに対し、『私のチームに負けたらクビにしてやる！』と脅した。あるコーチはこの言葉を文字通りに受け止めて、大統領チームに軽々と勝てるような特別チームを作りあげて、実際に勝った。しかしこれで大統領の望み通りだと思いきや、そうじゃなかった。試合の翌日、そのコーチがふだん働いていたプロホッケーチームは、大統領への忠信を示すため、この恐れを知らぬコーチとの契約を破棄すると発表した」

「その話、私も聞いた！　しかもそのあと大統領からじきじきに、そのコーチを元のポストに戻してあげなさい、と命令が下って、ほんとに戻ったんでしょ！」

「どうだ？」スタースは笑って訊いた。

「要するに面白い作り話をしてるんだよな？」

「いや違うよ、大事なのはそこでさ。事実しか話しちゃいけないのが理不尽ゲームのルールなんだ」

「じゃあ僕はずいぶんいろんな新事実を知ったことになるな、特にスポーツの話……」

「この国はスポーツに賭けてるからな。アイスホッケーは我らの天啓である、ってなもんさ。そうそう、ひょっとしたら俺が席を外した隙にこの子たちも話してたかもしれないけど、一九九九年の九月、ちょうどおまえが事故に遭ってから数ヶ月後に、欧州大陸のサッカー予選大会が開幕した。この国の代表はハムレットの祖国代表と戦った。前年のワールドカップでも大活躍した強豪だ。チケットは完売。スタジアムの周りには数万の人が押しかけたけど、チケットを持っていた人全員が中に入れたわけじゃなかった」

「あ、偽造チケットとか？」

「まさか。ぜんぜんそういう話じゃないんだ。ただ、白いTシャツを着た人は入れてもらえなかった」

「どういう意味で？」

「そのまんまだよ！」

「警察はなんて説明したの？」

「なんにも。もしおまえが白い服を着てきたら、その場で脱ぎ捨てるか、それが嫌なら帰れって言われるだけだ。それぞれの入口の前に陣取る警官の足元には、人々が悔しげに脱ぎ捨てていった白いTシャツが山になっていた」

「あとからでも、どうしてそんなことをしたのか釈明はなかったの？」

「ない。あいつらは説明なんかしないんだ。たぶんスタジアムに白と赤のTシャツを着た人がたくさんきて、入ってからみんなで席を交換して、大統領の大嫌いな白赤白の旗の色を作りあげるんじゃないかと予測して、警戒したんだろう。それ以外の理由は思いつかない」

「ああなるほど……たぶんそうなんだろうね」

帰宅すると、フランツィスクは安楽椅子をベランダに引きずり出した。ずっと昔も、家に帰るとよくこうしてたっけ。ばあちゃんに、ここのほうが宿題がはかどるんだもんって言いわけして。フランツィスクは椅子に深く沈みこみ、何時間もあたりの屋根を眺めていた。いまはもう宿題もないし、ばあちゃんもいない、慣れ親しんだベランダもない、でもそれ以外はみんなあのときのままだ。同じ舞台装置。景色は変わらない。引っ越したせいで少し場所が移動したけれど。フランツィスクは近所の建物を眺め、この大きく雄々しいはずの街は十年ものあいだ、たった一人の人間にノーを突きつけられなかったのだ、と考える。（ローゼンクランツとギルデンスターン（ハムレットの学友）の街。ここに暮らす人々はみんなあらすじにはほとんど関係のない脇役のようだ。スタースの話がぜんぶ事実なら、今日知ったたくさんのことが半分でもほんとうなら、僕たちはこれからも決して現状を変えられないのかもしれない）。演劇大学とちらりと見える大通りを眺めながら、フランツィスクは思いをめぐらせる。いまこの瞬間にも、近所のどこかの家では家宅捜索がおこなわれ機器が押収され、体制にとって都合の悪い人間が非人道的なやりかたで処罰されているかもしれない。そういった話はここ数週間で数え切れないほど耳にしていたが、いまになってようやくその意味がわかりはじめていた。

十年以上ぶりに吸った煙草の火をもみ消し、フランツィスクは部屋に戻ってテレビをつける——「ピオネール（ソ連の共産主義少年少女団）の少女たちの顔にはこれまでの苦しい生活による衰弱と疲労、表情の美しさの欠乏が見てとれます。しかし友愛の幸福や、若き戯れと厳格な自由の尊厳により実現されていくであろうこれからの世界を感じとることにより、子供たちの表情には見た目の美しさや家庭の安穏にとってかわる、喜びの色が浮かんでいるのです」（アンドレイ・プラトーノフ『土台穴』）。フランツィスクはテレビを消し、服も脱がずに眠りについた。

夢のなかで、列車が脱線していた。どんな列車でどこを走っていたのかはわからないが、とにかく白いシーツをかけられた大量の人体が横たわっている。どうやらフランツィスクは父親の車に乗せられて事故の現場付近を通りがかっているようだが、父の姿は見えない。気がつくと母の家のベランダにいた。植物園の向かいの広場では、国葬の準備が進められている。整然と並べられたいくつもの棺を眺めていると、不意に空から数百もの棺が降ってきた。棺はアスファルトに降りそそぎ、割れずに着地するが、なぜかそのまますするするとすべってこちらに向かってきてはフランツィスクの家にぶつかり、すぐ足元で割れていく。棺のにわか雨がやむと、通りにはいつのまにかピエロたちの姿があった。某軽食店に子供たちを呼び込むピエロによく似ている。（葬儀にピエロを呼ぶなんて、大統領もほんとにバカだなあ）とツィスクは考える。

＊　＊　＊

昏睡のことは次第に忘れていった。ツィスクは新たな役どころを学んでいく──「小さな国の幸せな市民」。近所の人たちの話では、自分の人生は軌道に乗りはじめているらしい。たちまちのうちに。小川が大河に流入するがごとく、いともたやすく。何年も探してもなかなかまともな仕事を見つけられない人も多いのに、ツィスクは臆面もなく病歴を利用し、そのおかげで立派な仕事に就けたらしい。条件も給料も文句なしだという。ばあちゃんが手紙と一緒に遺してくれていた知人の連絡先一覧を使い、仕事はすぐに見つかった。住宅設備用品市場の販売員だ。ペンキや幅木やニスの世界に、あらゆる種類の床材や天井材の小宇宙。フランツィスクは毎日小さな売り場を開店させ、蛇口や洗面台や便器の狭間に陣取って眠気と戦う。割りあてられたバス・トイレ用品売り場で、ただひたすら、朝の九時から夕方の六時までバス・トイレ設備品を販売する。これまで一度としてこういう仕事をしたいと夢みたことはなかったが、高校も出ておらず将来性も見込めない身では、甘んじるほかはない。義父も母も口をそろえてそう言っている。フランツィスクは毎日顧客の質問に答える──「便が落ちたときに水が跳ねない商品はありますか？」「それで、洗浄の勢いはどうなの？」「素材は陶器ですかそれとも磁器ですか？」

　母はツィスクがすばらしい仕事に就いたと大喜びだった。

「ありがたいことじゃないの。仕事がなくて、何年も職を探してる人がたくさんいるのよ。なのにこんなに待ち構えてたみたいに見つかるなんて。家賃も払えない人だっているのに、あなたは生活費を差し引いても余裕があるくらいでしょう」

「ニュースでは、この国には失業者なんてまったくいなくて、周辺の国の人たちはみんなこの国のことを羨ましがってて、ドイツなんか麻薬中毒者だらけだって言ってたけど」

「なんでそんな風につっかかるのよ」

「別に、ただニュースでそう言ってたから。母さんの話だとこの国がまるでなんかの危機にでも瀕（ひん）してるみたいだけど、テレビでは、この国はすべてが順調で、地球上でもっともすばらしい場所だって言ってる」

「じゃあそうなんでしょ。いいから働いて、そのすばらしさを満喫しなさい。偉そうなこと言ってないで。文句なんか言える立場じゃないでしょ。喜んで仕事しなさい」

　ツィスクは喜びを噛みしめてみた。日々、裕福な同郷人たちにウォシュレットを勧めたりしながら。

「ケツの黒い異教徒じゃあるまいし、なんのためにそんなもの」

「いえこれは信教の問題というよりは衛生面の問題でして……」

「これまで四十年間紙で拭いてきたんだ、それで充分だ」

「おっしゃる通りだと思いますが、ただ……」

「そうだろう、そんなクソみたいなもの……」

「こちらの商品はウォシュレットといいまして……」

「要らんと言ったら要らん！」

「そうですね。では便器だけのご注文ということで」

「ああ、早くしてくれ。これから教会に行かなきゃならんし」


休みの日はいつも墓地へ出かけた。日曜大工でこしらえた小さな椅子に座り、ばあちゃんに向かって、今週はコーナー用バスタブひとつと傷物の壁掛け便器ひとつが売れたよ、と話す。家に帰る気もしないので、ここ数日の出来事をひとつひとつ詳細に語っていく。

「さいきんはみんな、とあるステイ先の両親に誘拐された女の子の話でもちきりなんだ。その子はふだんはこの国の孤児院で暮らしてたんだけど、夏は僕と同じでドイツへ行ってた。その生活が五年くらい続いて、でも今年の夏にドイツに行ったとき、帰りたくないって言いだした。孤児院では暴力を受けていて、いつもいじめられるから。もちろんドイツの家庭はその子を帰さないことにした。つまりは誘拐だ。彼らは女の子を修道院にかくまってもらった。孤児院は捜索願を出して二十日後に女の子を見つけ、専用機で連れ戻した。この国へ。天国のような孤児院へ。まともな国で両親に愛されて暮らす必要などない、この国の孤児院が国の金でオートミール粥をまかなってやってるんだ、おまけに人口流出につながる、ただでさえどんどん国民が外に流れてしまっているんだから、せめて女の子が未成年のうちは留めておくべきだ、てな感じでさ。女の子は連れ戻されて、ドイツ人は投獄された。親だけじゃなく、かくまった修道院の司祭も。その一ヶ月後には女の子はこの国の夫妻のもとに養子として引きとられた。ちなみに彼らはその女の子をもらう直前に、引きとりたくありません、育てる余裕もないし特に養子が欲しいとも思わないので、と連絡していたけど、どうやら影響力のある何者かが介入して無理に引きとらせたらしい。そうしてそんな家に、その女の子は引きとられて暮らしている」

フランツィスクは「凶悪な」誘拐の果ての「奇跡的な」養子引きとり事件について語ると、バス・トイレ用品の話に戻った。陶器製品に施されたアクリル加工のメリットについて。

いいかげん閉めますよ、と守衛に言われてようやく、フランツィスクは墓石を撫でて家路につく。

できるだけ遅く帰り着くため、フランツィスクはいちばん時間のかかるルートを選ぶ。バスに乗り地下鉄に乗り、いくつもの線を乗り換えて。毎週日曜日の墓地からの帰り道には、決まって大型スーパーに寄って一週間分の食材をまとめ買いする。昔はなかった商品の数々は、何時間でも眺めていられる。チーズを見ると、思い出す——子供のころ、たくさんの国家がひとつになっていたあの国では、チーズにはゴムみたいな青い数字が埋めてあって、目当ての番号をほじくり出すのはチーズを食べるよりもずっと楽しかったっけ（ソ連時代、製品管理のためチーズ表面に埋められたカゼインプラスチック。子供が好んで集めた）。それから缶詰はあのころもいまと同じでピラミッド型に積みあげられていたけど、パンはもちろんビニールの袋になんて入っていなくて、だからこそ焼きたてのパンも食べられた。その代わりヨーグルトやジュースはドイツ並みとは言わないまでも、一応手に入るようになったけど。そういえば、ずっと昔に母さんと一緒にサッカーのスタジアムに行ったとき、その周囲にはよろず市がたっていた。この国の人々は長年ずっとその市場で服を買っていたけど、自分はそんなのには興味がなくて、寒さで頬を赤くした売り子がじゃがいも入りの揚げピロシキを売っているところまで母さんを引っぱっていった。あのピロシキのために遠く街はずれから足を運ぶ人もいた。そしていま、フランツィスクはスーパーの売り場に立ち尽くし、信じられない気分でいた——昏睡状態に陥るより前に忘れてしまっていたそのすばらしい味を、いまごろ思い出すなんて……


フランツィスクは次の週も、いつもと同じように住宅設備用品市場に通った。

「みんな文句ばっかり言うが、俺はやっぱりあいつに投票する」と、販売員仲間が言った。

「よければどうしてか知りたいけど」

「理由なんかないさ、ほかに選択肢がないだけだ」

「いや、でもこの国の人口一千万人のなかに、ほんとにあいつよりうまく国を治められる人はひとりもいないと思うか？」

「見つかんないんだからしょうがないだろ」

「それは、ほかの人はもっと誠実だったり権力欲がなかったりするせいであって、国を治める能力の問題じゃないんじゃないか」

「俺は、いい統治者だと思う」

「仮にそうだとしても、なんにだって期限ってものがあるだろ。どんなに優れたサッカー選手でも引退する頃合いじゃないか。質の高いプレーをし続けようと思ったら十年か、最大で十五年くらいは現役でいられるかもしれないけど、そのあとはだめだ。どんなにすばらしいプレーをしてきたキャプテンだって、遅かれ早かれベンチに戻る。過去の栄誉を引きずり続けちゃいけないんだ」

「フランツィスク、いまはスポーツの話じゃなく、政治の話をしてるんだ。それにスポーツに喩(たと)えるとしても、この国のナンバーワンスポーツといえばサッカーじゃなくアイスホッケーだ。ホッケーなら二十年活躍する選手もいる。それに、多くのスポーツ選手は現役を引退してもコーチになれる」

「優秀なスポーツ選手が優れたコーチになる例はわずかだ、歴史的に証明されてる」

「歴史はなにも証明なんかしないよ、スポーツもそうだし、まして政治に関してはなおさらだ。ちなみにコーチなら八十歳だって務まる」

「結果が出せなければ解雇されるよ、そんなコーチにいつまでもついていけるわけがない」

「どんな結果が出ればいいんだ。これ以上どんな成果が必要なんだよ。大統領には誰も難しい要求なんかしない。大統領はチームのオーナーだから、自分で課題を見つけてくる。だからチームがそのシーズンの課題をクリアしたかどうかがわかるのも本人だけだ」

「それがあいつの最大の過ちなんだ。あるとき一度、このチームのコーチをしてくださいって言われただけなのに、このチームは自分の所有物だと思い込んでしまった。だけどそれは間違いだ。チームはサポーターのものだ」

「それはサポーターの思い込みだろ、サポートしてるって。大統領はサポートしようなんて思っちゃいない。はなからチームの上に立ってる。自分なしにチームが成り立つわけがないと思って、それ以上深くは考えない。ほかに心配事がたくさんあるからな。そのチームを動かす人間だけが、そのチームをどうしたいのかがわかってるんだ。オリンピックの精神ってのがあるだろ、あれは実は人生のことを言ってるんだ——大事なのは勝利じゃない、常に参加することに意義があって……」

幸か不幸か、話の途中途中で客がきた。そのたびに会話は中断され、フランツィスクの意識は子供連れの女性客やメジャーを持った男性客に引き戻される。女性客よりは男性客のほうが多く、彼らは排水管内部の仕組みや設置高について訊いてくる。フランツィスクは製品各部の採寸をくまなく測る男たちに、粉体塗装を施されたステンレスの水切れの良さや各部のパーツについて、あらかじめ暗記しておいた説明をする。

「どのようなパーツが使われているんでしょうか」

「便器固定用のボルトが二本、便座取付具、分岐金具、給水管と排水管、三種類の洗浄モードが選べる水洗ポンプがついています」

客は買わずに帰っていった。仲間にぽんと肩を叩かれる。

「ほらな、俺たちはみんな理想的な結果を出せるわけじゃない。おまえもカリスマ店員とは言えねえけど、クビにはなってないだろ」

もうすぐ店じまいの時間だ。フランツィスクがレジを締めて店を閉じていると、ちょうどその時刻を見計らっていつものようにスタースが電話をくれる。

「おお、調子はどうだ。終わったら『ケフィア』に行こうぜ」

夏の終わり、寒さの気配が香る空気のなか、肩に羽織ったセーターを首のところでひと結びし、フランツィスクはやり損ねたことを取り戻そうとしていた。仕事だけじゃなく、寝過ごして逃してしまったすべてを。大麻、夜遊び、友達の家の集まりや外での飲み会。女の子、煙、煙と溶けあう酒。なにもかも思いきり。クセーニヤ、アーニャ、ユーリャ。狭い浴室や現代美術館ギャラリーでのキス。オールナイト。ツィスクはダンスをし、はしゃぎ、大声でうたう。酒を飲み、濡れた唇と唇をかさねる。フランツィスクは微笑み、幸せで目を閉じる。すばらしい音楽と明るい若者たち。スタースに肩を叩かれ勧められるままに酒を飲み干し、おかわりを頼む。となりで踊る知らない女の子の腰に手を回す。ごく自然に。まるで百万回もそうしてきたみたいに。彼女はなすがままで、ツィスクは勝ち誇った気持ちになり、ここでいちばん格好いい青年になったような、どんなわがまま王女も誘いを断れないダンスフロアの王子になったような気分になる。

冗談を言えばみんなが笑い、気の利いたことを言えば頭のいいやつだと思われる。自分は昏睡の年月に負けて過去に押し戻されてなどいなかった、乗り遅れてなどいない、それどころかリードしているんだ、と考える。たくさんの女の子が自分に好意を抱いている。


重低音が鳴り響く。ＤＪは軽やかに手を動かし、ツィスクはさっきの女の子を離さない。彼女のほうも拒もうとせず、二人は手を繋いだ。そのまま月明かりの照らす通りに出てタクシーに乗り、エレベーターに乗り、キッチンでも浴室でもベランダでも手を握っていた。彼女は煙草を吸い、ツィスクはその小さな灯を見つめる。星のように明るく、この夜のように完璧な灯を。


「あなた、さいきん越してきたの？」

「うん……ていうか……まあそんな感じかな……うん……どうして？」

「いままで夜遊びしてて見かけたことなかったから……」

「ああ、行ってなかったんだ……」

「なんで？」

「寝てた……」

「私もそろそろ帰って寝ようっと」

「えっ、泊まっていけばいいのに……」

「面白い冗談ね。一五二か一三五にかければいいの」

「タクシーってどうやって呼ぶんだっけ、忘れちゃった」

「私だったらそんなことできない。タクシー呼んでくれる?」

「僕は何年も家じゃない場所で寝てたけど……」

「私、自分の家じゃなきゃ眠れないんだ」


フランツィスクはスリッパのまま外に出て彼女にキスをし、タクシーの運転手に微笑む。タクシーはいつかの救急車のように角を曲がって見えなくなり、フランツィスクはひとりになった。ひとけのない中庭。家には戻らずに、遊具のあるほうへと足を向ける。ポケットを探ると、煙草とウォークマンがあった。煙草をふかし曲をかけ、ベンチに寝転ぶ。空には星がまたたき、ウォークマンからは聴いたことのない昔の歌が流れ始める——「冷たい大地に大きな街、街灯が光り車が行き交う。街の上には夜があり、夜の上には月が浮かぶ。今日の月は血のしずくで赤らんでいる。家は建ち並び、明かりが灯る。窓からは遠くが見渡せる。じゃあこの悲しみはどこからくるの? どうにか無事でいるし、どうやら何不自由のない暮らし。じゃあこの悲しみはどこからくるの? あたりは穏やかなのに——なにも見えず、美しいのに——なにも見えない。みんなが『万歳』を叫び、みんなで前に進んでく。そうして新たな日が訪れる。家は建ち並び、明かりが灯る。窓からは遠くが見渡せる。じゃあこの悲しみはどこからくるの? どうにか無事でいるし、どうやら何不自由のない暮らし。じゃあこの悲しみはどこからくるの?」

フランツィスクはその歌を聴きながら、かつてこの近所に住んでいた人々を思い浮かべた。パーシカ、イリューシャ、ヴァーラ。ヴァーラの父親はあるとき投獄された——我が子の罪をかぶって。若者同士の諍いで息子が近所の子を刺してしまい、父は取調官に掛けあって刺したのは自分だと裁判で主張し、認められた。ヴァーラの父さんが刑期を終えて家に戻ると、自宅には知らない画家が居着いていた。ヴァーラの父さんはここに留まり、それ以来ヴァーラには父親が二人いた。リムとカーチャの兄妹もいたな。あの兄妹と同じ階には八人の大家族も住んでいたけど、あるときキノコにあたって食中毒で一家全員が亡くなった。フランツィスクは何十ものさまざまな家庭を思い出しながら、自分の人生はかつて文学の授業中に空想していた将来とはまったく違う方向に進んでいる、と考える。高級車に乗っていて美人の妻がいて中心街のマンションに住んでいる、とか。もし大物サッカー選手になれなかったとしても、演技のうまい俳優にはなれるんじゃないか、とか。でもそうはならなかった。なれなかった。フランツィスクはベンチに寝そべったまま、自分の身に起きているのはきわめてありがたく思うべき喜ばしいことなのだと考えてみる。自分はこれ以上ないほどの幸運な運命に恵まれ、およそ考えうるなかで最良のものに囲まれていると。夢は夢のまま、一九九九年の段ボールに詰めておくしかないのだと……

秋が訪れていた。日差しは最後の温もりを投げかける。大気中には哀愁が漂い、フランツィスクとスタースもまた哀愁に満たされていく。二人は好きになれない仕事に通いながら、定期的にニュース・カフェで落ち合っていた。

＊　＊　＊

「聞いたか？　すごい話もあったもんだよな。あるジャーナリストの青年は、大統領選の候補者の選挙対策本部で中心的役割を果たしていた。青年の人生はやる気とやりがいに満ちていた。彼は、いまこそすべてを変える時がきた、今年こそ大きな変化が訪れる、民主化の時がきたと信じていた。愛する妻と昨年生まれたばかりの娘もいる。選挙戦という長丁場の真剣勝負の前に休暇をとり家族と一緒に海へ出かけて、作家ゆかりの地を散策し、充実した気分で帰ってきた。その帰宅から一週間。青年はその前向きで幸せな気持ちを友人たちと分かち合いたくて、メールを送り映画に行こうと誘う。映画館を決め、待ち合わせの時間を決め……ところが事態は急展開を迎える。友もあり娘もありこれから人生でいちばんやりがいのある瞬間を迎えるはずの青年は、待ち合わせの約束をした十月革命駅へ向かう代わりに突然車に乗り込み、別荘地へ出かけ、それまで人生で一度も飲んだことのなかった安酒をボトルで二瓶飲み、首を吊った。奇想天外の珍事件だ（オレグ・べべーニン暗殺事件。政府の公式発表では自殺）」

「なんでそんな話するんだ、知ってるよもちろん」
「いつまでこんなことが続くんだよ！」

フランツィスクは答えなかった。その夜はもう話もしなかった。どんな言葉を言えばいいのか、なにを語ればいいのかわからない。フランツィスクは狭い表通りを眺めながら、考えるのも恐ろしいことを考えていた——あまりにも用意周到に、ジャーナリストの死はすべての人にとって都合がいいようにできていた。権力側にとっても反体制側や西欧側にとっても。泣こうと笑おうと、誰もがなんらかの面でそのほうが助かるように。人生に政治が介入してきたその瞬間に、人間の運命も幼少期も青春も初恋も、仕事も結婚も子供も、まったく意味をなさない領域というものが作られるのだ。自分の死がすべての人に都合がよくなるように仕組まれる。人生をかけて人々の暮らしをより良くしようと考えた人間が、死ぬことでいちばんの貢献を成し遂げるようにできているのだ。ジャーナリストの青年に、もしそうならあなたは死にたいですかとは誰も訊けなかったのが惜しまれるほどに。フランツィスクは窓の外をにらみ、自分の命にもほかのどんな人の命にも、いかなる重みもありはしないのだと悟る。命だろうとなんだろうとあらゆるものごとが、政治がからんだ瞬間にすべての価値を失ってしまう。控除の対象になる事務用消耗品費のように。フランツィスクはなにも言わず、スタースもまたカフェの客を眺めながら、この人たちはなるべくなにも考えずに誰の邪魔もしないようにしているうちだけ生きていられるのだ——と考えていた。いましがた店に入ってきたばかりの女の子たちを見ても、人の命などいともたやすく骨ごと消化されてしまうのだという思いが浮かぶ。（ツィスクが眠っているあいだ、なにも進歩しなかった。世界が停止していたわけじゃない。人々は自分の仕事をこなし、陽は沈み、雨は降りそそいでいた。蘇ったツィスクの命にはなんの価値も与えられない。誰の命にもなんの価値もないのか。ツィスクが死んでも俺が死んでもほかの誰かが死んでも、ずっとこのままなのか。地球は回り続ける。決して止まらずに。なにも止まらない。木々も葉も成長を続ける。だけどこの地球上をくまなく探しても、自らの命をもってしてもこの現実を少しでも変えられる人はどこにもいない。生きるということは、息をして働き続けるということは、誰かにとって都合がよく、誰の邪魔にもならないようにするというだけのことなのか……）

・

それから数週間のあいだ、街の人々はジャーナリストの死を語り続けた。だがいくら毎日新たな詳細が明らかになっても、ことの本質は変わらない。それぞれが互いの仕業だと言い合った。権力側も、反体制派も、外国も。その有名なジャーナリストの死は街の空気を壊してしまった。秋の憂鬱に落胆と無力感が加わった。若者たちはあまり外出しなくなり、夜遊びも控えるようになる。歌ったり踊ったりする気分にはなれず、家で酒を飲んでいたかった。なにもやる気がしない。選挙を前に高まりをみせていた運動は多くの人に変革の希望を与えていたが、反体制派の人気ジャーナリストの死によって、すべては元どおりの場所におさまっていく。フランツィスクはその青年に会ったこともなければ友人のなかにも知り合いはいなかったが、喪失感は重く心にのしかかった。人間が自分の仕事としてやってきたことのために、思想や言葉のために死ななければならないなんて、信じたくない――（それじゃあまるで、チェロの奏者が音を外したから殺すどころか、ただソナタを演奏したってだけで殺されるようなもんじゃないか）

青年の死は選挙の日まで人々の話題にのぼっていたが、選挙当日、共和国の大統領は自ら「エレガントな」勝利を宣言し、やすやすと新たな任期への再選を果たした。

その日は氷点下の寒気が立ち込め、雪が降っていた。政府はマフラーをはじめとした防寒具の販売を停止させた。反体制派の代表者たちは共和国宮殿前に集まって一緒に選挙結果の発表を待とうと支持者に呼びかけていた。寒く暗い夜になるだろうから、なるべく暖かい服装をしてくるようにと注意して。ぜひ集まろうという話になったが、母は反対した。

「そんなところ行っちゃだめ。ツィスク、お父さんが行くなって言ってるわ」

「僕には父さんなんかいない。それに母さんたちが行かないなら、なおさら誰かが行かなきゃいけないだろ。僕らが行かなきゃならないのは僕らのせいじゃない、母さんたちが悪いんだ。十五年もなにもしなかったじゃないか。僕がいま行かないですむためになにかひとつでもしてくれたっていうの？」

「なにをしろっていうのよ。私は選挙にも行ったし、反対票に入れたわ。それ以上なにができるっていうの？」

「みんな反対票に入れてるよ。たくさんの人がみんな反対票に入れたっていうのに、それでも大統領は七五パーセントの得票率を得たことにされるんだ」

「そんなことわかってるわ、でもだからって街に出てもしょうがないでしょう」

「じゃあどうしたらいいんだよ」

「わからないけど、それは政治家がやることよ」

「政治家なんてなにも考えてないよ。政策もない。反体制派の候補だって一人として押し出せないし、我が身の保身のことしか考えてない。政治家なんてそもそもいないんだ。いるのはただ、もうこれ以上こんな理不尽にさらされて生きていたくない人々だけだし、僕もそのひとりだ。僕は革命を起こしにいくわけじゃない。誰かと喧嘩をしたいわけでもスローガンを叫びたいわけでもない。ただこんなシュールレアリスムはぜんぶ嘘だ、でたらめなテレビもニュースキャスターが語る寝言もみんな大嘘なんだってことを確かめたいだけだ。あんなのぜんぶ、ただのあぶく玉なんだ。僕はキンキナトゥス（ナボコフ『処刑への誘い』の主人公）になりたい、最後には舞台装置は崩れ去るべきなんだ。僕はただ、自分以外にもこの不条理劇を信じたくない人たちが表に出てくるところを見たいだけだ。このばかげた牢獄に囚われているのは僕だけじゃないって信じたいんだ」


けれども中心地の広場に出るのはなかなか難しいことが判明した。国は唐突にスケートリンクを作りあげていた。さすが抜け目がないというべきか、実によくできたスケートリンクで、国際試合もできそうだ。さらに反体制派の演説を聞きとれなくするために、広場には数十もの屋外用大型スピーカーが設置され、音楽が流れていた。スケートをすべりにきた人たちのための音楽かと思いきや、スピーカーは労働組合会館の脇の、ちょうど反体制派の代表が演説をするはずの場所に向けて設置されている。だがフランツィスクもスタースも、もちろん驚かなかった。妨害は承知のうえだ。

待ち合わせ場所は映画館の向かいのスペインカフェだった。みんなでお茶を飲んで、選挙の結果を聞きに広場へ行く。フランツィスクは寒さを紛らわすためウォッカかコニャックを一杯やろうと誘ったが、集まった友人たちにすぐさま猛反対された——

「おまえバカか？　酒が入ったやつから最初に捕まるんだ、まんまとカモになりに行くようなもんだぞ。みんなもわかったな！　全員、一滴も飲むなよ！　アルコールは一切禁止だ！　魔法瓶に温かいお茶を用意してあるから、寒くなった人はすぐ俺に言ってくれ。あと各自、身分証か身分証のコピーを持ってるか、もう一度確認するように。忘れた人はすぐ取りに戻れよ。身分証を持たずに行ったら絶対にだめだからな！」

そろそろ行こうかという段になって、カフェに誰かの知り合いの女性が駆け込んできた。彼女は涙ながらに、対立候補者の一人で有名な詩人が暴行に遭い病院に運ばれたと訴える。だからその詩人は広場には来られないと。そうしてその夜は幕を開けた。権力側が人々に対しはじめの一手を打った。対立候補は発煙弾を投げられ暴行を受けたらしい。カフェは静まり返る。ほかの席の人々もやはり広場へ向かおうとしていた。その人たちも含めその場にいた全員が、なにかしらの暴力的弾圧なしには終わらないだろうと悟った。恐ろしいけれど行かないわけにはいかない。もう、あとにはひけない。なんとしても権力側に対して、国民は納得していない、自分たちの意見はまったく違い、もはや決別のときがきたのだと伝えなくては。

夜八時には街は私服警官に占拠されていた。彼らはいたるところにおり、街じゅうが無線で話しているような様相だ。そこかしこから無線機のノイズや雑音が響いてくる。市庁舎や音楽院の付近にも軍事文化会館やサーカス劇場の脇にも――鎖を外され野に放たれた狂犬のように私服警官が走り回っている。そのことにも、対立候補が暴力を受けた事実にも、人々は怖気づかなかった。人々は表に出てきた。長年の昏睡を経て。広場に着いたフランツィスクは喜びを嚙みしめた。人がいる。勇気ある気丈な人々が数千人はいる。女性も老人も、もう我慢の限界だと思っている人たちがいる。そんなに多くはない、ツィスクが見たかった人数よりは少ないわずか数千人だが、それでもいい。感じのいい凜とした賢そうな人たちに囲まれている。この人たちと一緒なら怖くはない、それどころか昏睡状態から覚めて以来、フランツィスクは初めて、自分の街で恐怖を感じなくてもいい状況に出会えた。この集団は怖くない、と思った。

スケート靴を履いた特殊部隊員たちは手に無線機を持ったままクリスマスツリーの周りをぐ

るぐると旋回し、広場に集まった人々は拍手を送る。人々は警官を憎むよりむしろ哀れんでいた。

大通りを通る車は反対派に対する賛同のしるしとしてクラクションを鳴らし、広場の人々は寒さに凍えながらも、クラクションを鳴らすことを恐れない人がいるというだけで勇気づけられていた。

「ツィスク、周りに注意してろよ。私服警官がかなり潜んでる。なにか動きがあって俺たちが捕まるとしたらまず動くのは制服の警官じゃない、私服の奴らのほうだ」

確かに、制服姿の警官はほとんど見当たらない。警官が現れたのはだいぶあとになってからだった。このとき政権側はまだ、集まった『チンピラ三百人組』(かねてから国営テレビは反体制派のことをそう呼んでいた)などちっとも怖くないぞ、という体を装っていた。「騒がしくなり次第、立ち退いていただきます」と先刻勝利したばかりの体制側の人間は意気盛んに呼びかけている。彼らはどうやら反体制派代表の演説をかき消す大型スピーカーの加勢にかけつけたらしい。労働組合会館前の階段から発せられる声はほとんど誰の耳にも届いてこなかった。情報は人から人へと伝えられていく——この長い年月のあいだに人々が学んだことのひとつだ。演説の内容はまたたくまに口伝えで数千の人々に届いていた。

ふと誰かがフランツィスクに、もうひとつ別の集団が合流しようとしているという情報を伝えた。ほんとうは参加者はもっとずっとたくさんいる、街はどうやら目覚めたらしい、と。ちょうどそのとき、それまでは広場におさまっていた人々が通りに溢れはじめた。みんな道へ出た。そして奇跡は起きた。いくつものグループがひとつの大きなまとまりになっていく。フランツィスクは自分の目が信じられないまま、幸せな気持ちに満たされた。あの決して多数とはいえなかった抵抗運動が、数分のうちに大規模な市民運動に発展していく。隊列はどんどん増える。この国の目抜き通りを幾千の人々が埋め尽くす。わからない。まるできちんと打ち合わせてきたみたいだ。突如として人がたくさん、すごくたくさん出てきた。フランツィスクはあまりの幸福に息をきらした――

「見ろよ！　すげえ！　なんだこれ！　ほら人がこんなに、そこにも、あっちにも、そっちにもいる！　信じらんないな。見ろほら、後ろ後ろ、ほら！　あっちはサーカス劇場のあたりからずっと人が続いてる！　見ろ、あっちも！　すげえなあ、こんなに人がいる。みんな目を覚ましたんだ。そうだよな！　きっと五万人はいるぞ、もっといるかもしれない！」

長い歳月を経て初めて、首都の大通りに何万もの人が出た。誰も予想だにしない事態だった。反体制派のリーダーまでもがしばし呆然としていた。彼らにさえ、にわかには信じられなかったのだ――これだけ長きにわたり現政権の圧政にさらされ、行方不明や逮捕が日常となり、無力で無気力にさせられてきた人々が、こんなにたくさん通りに出てくるなんて。数万を超えた隊列が欧州でいちばん長い大通りを埋め尽くしていく。こんなことがあるはずがない。長期にわたる昏睡状態からは目覚められない。奇跡なんてありえない。打ちのめされ傷だらけになり疲れ果てた国に、こんなことが起きるわけがない。フランツィスクは気を失うんじゃないかと不安になった。感動のあまり体が麻痺して動かなくなるんじゃないかと。そうと口には出さなかったが、その代わりにスタースの腕を強く摑み、幸せに喘いだ。

「見ろよ見ろよ！　あっちにも人がいる！　あっちにも！　僕らとおんなじだ、そこらじゅうにいるんだ！　すごい人数だよ！」

隊列はまだ膨らんでいた。小さな通りから数百人ほどのグループが合流する。次から次へと、まだ止まらない。

「ひょっとして成功したんじゃないか？　なあ？」

「なにが成功したって？」

「この運動を組織した側がさ。ほら、スタジアムのほうからも数千人が来てる！　向かいからも！　あんなにたくさん！　僕らをひとつにすることに成功したんじゃないか？　少なくとも数万人はいる！」

「そうだな！　ほら後ろも見ろよ！　すげえなあ！」

スタースは背伸びをして隊列の先頭がどこまで届いているのか確かめようとしたが、遅かった。あまりの人出で、そのただなかからは、ツィスクの肩に登りついても先頭も尻尾も見えない。デモ参加者の誰かが国家保安委員会の建物に掲げられていた大統領派の国旗をはぎとり、反体制派の支持する白と赤の旗を掲げたとき、多くの人は革命の始まりを感じた。スタースの目に涙が溢れた。これまで生きてきてずっと待ち望んでいた瞬間。このとき、すべては終わったのだと思えた。体制は滅んだ。警察はデモを弾圧していない。ツィスクの街に、子供時代の懐かしい本物の旗がはためいている。すぐにでも私服警官が現れて旗を破り捨てるかと思ったが、そうはならなかった。ただ尻尾を丸めてデモを見つめる彼らは、この瞬間、自分たちは無力だと自覚している。二十人や五十人なら追い払えるが、数万人は無理だ。

この日、フランツィスクやスタースの周囲にいた人々は、笑みを浮かべていた。この闘いに負けはしなかったのだと感じ、幸せに微笑んでいた。この夜、自分の住む街の通りに出た人々は、なによりも自らの恐怖に勝ったのだ。それは人類にとってもっとも大事な勝利のひとつだ――自らの恐怖を超えるほど大切なことはないのだから。

＊　＊　＊

フランツィスクはコートを床に放り、脱衣所に向かった。すぐに。ジーパンを脱ぎ、寒さで赤らみ震える手で冷たい服を脱ぎ洗濯機に放りこむ。ソフト洗浄プラスすすぎのボタン。痩せた力ない体。タイルに汚れがつく。ツィスクは呆けたように洗濯機を見つめる。じっと。なにも考えずに。頬には涙がつたい、濡れた服はぐるぐると回る。街に積もった雪と同じように、洗濯槽のなかは白い泡で満たされる。円形の窓に水滴がついていく。洗濯機はスピードをあげゴトゴトと震えたかと思うと不意に一旦停止し、濡れた石段を思い出させる洗濯槽の金属の底にジーンズとセーターがへばりつく。それから洗濯槽は逆回転をはじめる。センサーは洗浄水を適温に保ってくれるけれど、フランツィスクは自分の涙の温度さえよくわからない。すすぎ洗いが終わり脱水が始まり、服が洗濯槽の内壁に張りつけられていくのを見つめながら、今日から自分は裏切り者だ、それ以外の何者でもない、と考える。広場にはまだ人が残っている。たくさん。警察に包囲されたのだ。人々が逃げ惑うあいだ、捕まった者は三十分ほど警棒で叩かれ続けていた。フランツィスクとスタースは包囲網を突破し、周囲の人々と一緒に逃げた。数分のうちに警察は数万の人々を追い散らし、その後のお楽しみに千人ほどを手元に残してデモを解散させた。人々は容赦なく地面を引きずられていった。大統領はデモなど三百人に満たないだろうと言ったが、最初にわかっただけでも約千人が逮捕されていた。逃げ遅れた人々だ。なおも洗濯槽を見つめていると、いくつものシーンが浮かんできた。街の名のついたホテルの前を走り抜けるとき、そこに逃げ込んだ人々が目に入った。警察も追って中に入ろうとしたが、ホテルマンたちは自らのリスクもかえりみず、人々を救うため警察の目の前で入口を閉めていた。彼らは小さな偉業を成し遂げていた。明日には逮捕されるかもしれなくても警察の目の前でドアを閉めた。それなのに自分は国家の牙に捕らえられるのが怖くてひたすらほかの人と一緒に逃げた。洗濯機は服を洗い続け、フランツィスクはあのホテルマンの目を生涯忘れないだろうと考える。大の男の目が恐怖に見開かれていた——外にいる逃げ遅れた女性に気づいて。警官はその女性に足払いをして転ばせ、コートのフードを摑んでアスファルトの上を引きずり護送車へと引っぱっていった。（広告にぴったりの光景だな）とツィスクは思う。（このコートはとっても丈夫です、このコートはどんな扱いにも耐えられるのです、たとえ人の心が耐えられないようなことにも）。フランツィスクはホテルマンの顔を思い出し、あのとき口の動きで彼がなにを言っているのかさえわかった気がした――「嘘だろ……」

ある有名な作家が、「石油とは、遠い昔に地中に埋められた竜の血である」と書いていた。石油が飛行機の燃料として用いられることで、竜は復活を果たしているのだと。その華麗な比喩を思い出しながらフランツィスクは、この土地の竜はかつて人を主食にしていて、いま反体制派を弾圧することで生き返っているのではないかと考える。

洗濯機は回り続け、フランツィスクは回想する――みんなと一緒に逃げ、角を曲がるとそこにかつて自分が生まれた産院があり、自分の首にへその緒がからまって生まれてきたという母さんの話を思い出した……。そして友人たちと一緒に下へ、非常口へと逃げているそのあいだ、警察はもはや大通りにいる誰も彼もを無差別に捕らえていた。反対派の集会に来た人であろうと、事態が飲み込めず、そのうちバスがくるかもしれない、緑色の百番バスはまだかしら、と待っていた人であろうと。女も未成年も老人も、手当たり次第に。潜在的反体制者もその可能性のある者も、そうと仮定される者も想定される者もひょっとしたらそうかもしれない者も……

洗濯機が止まったとき、ツィスクはもう眠りに落ちていた。

恐怖は翌朝に訪れた。血の気がひくような、北方の画家が描いた絵のような、恐怖というより戦慄と言い表したほうがいい、深くてやみくもで耐えがたい感覚。十年前の地下通路の体験によく似ている。なにかが胸を圧迫する。救命措置のときに押されるくらい強く。蘇生を通り越して胸郭が押しつぶされ背骨が折れてしまうのではないかと思うほど激しく。フランツィスクは衝撃を抑えよう、気を紛らわそう、落ち着こうとしてみたが、うまくいかない。手からコップが落ち、恐怖が流れ出る。体から部屋のなかへ。自分はここいるが、向かいの部屋にもいる。ここにもいてどこにでもいる。街じゅうにいる。同じ階に住む人たちもやはり昨日は街に出ていた。その誰もがフランツィスクと同じくニュースを確かめようとパソコンの更新ボタンをひっきりなしに押していたが、反体制派のサイトは更新されない。反体制派の新聞社にはちょうどそのとき捜査の手が及んでおり、制服姿の警官たちが機器を押収し人々を連行していた。

街では、あの日広場に行ったすべての人が逮捕されると囁かれていた。どうやってそんなことをするかといえば、かの十二月十何日に携帯電話の位置情報が広場にあった人は全員捕まえるという。二十一世紀の初めにして、それだけで人が捕まるというのだ。携帯の位置情報が広場から発信されていれば、牢屋へどうぞ。広場でなにをしていたかは問われない。そこにいたというだけで充分なのだ。

フランツィスクはパソコンにかじりついていた。手ががたがたと震え、嚙みしめすぎた唇には血がにじむ。ネット上には助けを求める声が絶え間なくあがっていく。次々に現れるその短いメッセージのなかで、投稿者は現在進行形で「ドアが破られようとしている」「鍵が壊されている」と訴える――「もうだめだ、いま鍵が壊されている、もうすぐ捕まる、助けてくれ!」この人はなにに望みをかけていたのだろう。どうしたら助けられるんだ。いったいどうしたら。人々は自分の家にいながら、数分後にはうちにも警察が来るかもしれないと、それだけを考えている。次の瞬間にはうちに警官がなだれ込んできて、次の瞬間には逮捕されるかもしれない。人々は犯罪者のように逮捕されていく――選挙の結果を共に知ろうと広場へ行き、知ったのち、家に帰らなかったというだけで。フランツィスクは、自分は権力側にとってなんの脅威にもならない存在だと思ってきた。禁じられた政党に入っていたこともなければ記者として働いたこともないし、政治家になろうとしたこともない。けれどもエレベーターが自分の階に止まるたび、恐怖におののいた。いつかスタースが話してくれた夢を思い出し、あれは予知夢でいまにも現実になるのではないかという気がした。部屋のなかを歩き回ってみたが、体を動かすのがどんどん困難になっていく。フランツィスクはたちまち動けなくなった。ものを食べようとしても喉を通らず、シャワーを浴びようとしても浴室まで行く力が出てこない。なんでもない動作もできないし、息も苦しく、目を開けたり閉じたりすることさえままならない。ツィスクはメトロノームを鳴らし、どうしてこの小さな機械は鳴り続けられるのだろうと考える。舌はもつれ、いつのまにかツィスクの口から出る言葉は昏睡状態から覚めたばかりのときのようになっていた。

テレビがついていた。国営放送は声をそろえてしかるべくして完勝を成し遂げた大統領を祝っている。一日じゅう街のいたるところで家宅捜索と逮捕が繰り広げられていたことについては言及すべきでないという判断らしい。誰もが知っていることをわざわざ報道する必要もないでしょう、と。暴行を受けた対立候補がどうなったのかは誰も知らなかったが、それもじきに明らかにされた。テレビ画面に映しだされた医師は——義父だった。

母の夫はにたりと笑い、元候補者の体に異常はありませんと語っている。たんこぶ程度ですね、ええ。そのあと義父は患者に施した処置を数えあげ、現大統領のおかげで最新の医療設備が整いましてまことに感謝しております云々（うんぬん）とお世辞を並べたてた……

一週間のあいだ、フランツィスクは家から出なかった。過ちを犯さなかった。「部屋から出るな、風邪でもひいたと思えばいい。世界に壁と椅子ほど面白いものはないだろう。わざわざ外に出なくともいい、夜また戻ってくるのだから。いまのままの姿で帰ってくるにせよ……まして傷だらけになって帰ってくるとしたら」（ヨシフ・ブロツキー）。玄関の向こうにあるのは果てしなく無意味な世界だ。フランツィスクは洗濯機の前で時間をつぶし続ける。何度も、何度でも、洗濯槽が濡れた洗濯物でジャグリングをするのを眺めながら……

ときどきスタースが覗きにきた。スタースは黙ってコートを脱ぎ、キッチンへ向かう。自分で自分のぶんのコーヒーを淹れ、いつまでも窓の外を眺める。二人が十二月十九日の夜に感じた充足感の代償はあまりにも大きかった。長くつらい清算のときがきた。多くの人が自分よりもっと苦しんでいるという事実は慰めであると同時に自責の念にもなる。元候補者たちに科された刑期が明らかになった。どんな罪状で、とはもはや誰も問わない。日々は元どおりに続いていく。もう誰も「どうして」とは訊かない。「社会を乱そうとした」ため。「革命を企てようとした」ため。「度重なる秩序攪乱（かくらん）」のため。銃殺？　まさか。そんなことは誰も認めないだろう。勝利した権力はそこまでは目立たない良心的な方法をとる。たった数年の刑期、しかも多くの人は執行猶予つき。なんと情け深い処置であろうか。

＊　　＊　　＊

集団的秩序攪乱犯の逮捕はどうやら終わったらしいという噂が広まったとき、街の人々はようやく安堵のため息をついた。もう逮捕されない。国家はすでに餌食にした人々を消化するだけでも手いっぱいだ。空気が戻ってきた。これでもう、今晩には檻のなかに放り込まれているかもしれないという不安を抱えずに外出できる。いいニュースだ、実にいいニュースだ。祝賀会をしてもいい頃合いだが、祝うことなどない。実際、多くの人はクリスマスも正月もやらなかった。なにを祝って乾杯すればいいのだろう。フランツィスクの生まれ育った街は相変わらず狭すぎた。他人事などありえない。誰もが、自分か知り合いの誰かしらがまだ投獄されている。六次の隔たりどころか二次の隔たりだ。隣人の運命が、不幸が、あまりにも身近だった。

　年末には誰もが獄中の友人にポストカードを送り、再当選した大統領はまたしても大陸の国々から制裁を受ける。そんな状況が日常と化していた。舞った埃はもとの場所に着地していく。

「フランツィスク、そっちの鏡台の掃除もお願いね」

「あのさ、年末年始は来ないつもりなんだけど、いい？」

「ぜんぜん来れないの？」

「大晦日の七時ごろなら寄れるけど、来ても遅くならないうちに帰るよ」

「せめて年が明けるまではいたらいいのに……」

「いや、いいよ……。どっちの時間だろうと正月を祝う気分じゃないんだ（ベラルーシではかつての首都であるモスクワ時間でまず新年を祝い、そのあとベラルーシ時間で祝う習慣が残っている）。それより母さん、ひいじいちゃんの勲章は？」

「えっ、ひいおじいちゃんの？」

「うん。聞こえてるのになんで聞き返すんだよ。ばあちゃんの部屋になかったんだ」

「ええと、勲章って……ああ、うちにあった あの勲章のことね。あれは……でもなんに使うの。いっつもその辺に転がって埃かぶってて、誰も気にしてなかったでしょ。なんでそんなこと訊くのよ」

「どこにあるのかって訊いてんだよ！」

「あれ、売っちゃったのよ……家族でどこか旅行に行こうとしてたときに……」

「あいつがやったんだな？」

＊　＊　＊

フランツィスクはチェロを弾くことにした。もう一度。一日に何時間も。高校時代みたいに。ケースから取り出し、楽器を拭く。音楽のほかにはもうなにも残されていない気がした。音階と和音にこそ救いがあるんじゃないか。ほかにはなにも思いつかない。フランツィスクは自ら学校で習ったことを復習した。再び。練習曲や運弓練習をたて続けに弾いていく。スラーのかかったフレーズ、破れた楽譜のページ、始まりと終わり、カデンツァ、カデンツァ、カデンツァ。音楽院に入るつもりはなかった。ただ恥ずかしくない音や指運びを身につけたかった。ツィスクは生まれて初めて音楽の喜びを——音を出す行為そのものの喜びを感じた。もう誰も練習しなさいとは言わないのに。むしろ逆に、自ら進んで楽器を手にとり弓の手入れをしていたし、楽譜に向かえば脈が変わるのを感じる。毎日毎日、先生もなくひとりきりで、フランツィスクはぐんぐん先へと進む。ソナタの奥深くへ、ルプリーズやクライマックスの彼方へ。アスファルトに降る雪のように、肩に落ちたフケのように、指板には白い筋がついていく。指は動きを思い出す。左手にはタコができはじめ、松脂粉は定着していく。

いまでは協奏曲の演奏ばかりではなく、練習曲の断片を弾くだけでも楽しくなっていた。フランツィスクは（練習曲を弾くのがまだ禁止されてなくてよかったな）と思う。協奏曲のはじめの数小節を弾き終え、交響楽団の大舞台で演奏する自分を想像してみる。自分の弾いた音に続けてオーケストラが曲を奏で、超満員の観客席を前にあらゆるものとの難しい対話をはじめる——音楽家たちと、観客席と、指揮者と、楽器と、そして自分自身との対話を。チェロは軽く揺らぎ、パッセージの盛りあがる部分まできたところで演奏をやめ、また最初から曲を繰り返す。

となりの人に壁を叩かれてフランツィスクは演奏をやめ、チェロを置いて粗末な夕食を作り、テレビをつける。そんな折にチャンネルを回しながらふと、いま画面に映っている人物は自分の父親じゃないかと空想することもあった。ニュースキャスターや没個性的な官僚や有名なスポーツ選手。そういった知らない人の顔をじっと見つめては、どこか懐かしい特徴がないだろうかと探してみる。たまに、一晩に何度か、誰かに父性を委ねるのに成功することもあった。外務大臣や地元のトラクターの運転手や救急隊員や国立大学の学長の目の下のシワを眺めながら、フランツィスクはなんども心のなかで「お父さん」と呟いた。大統領のいつもの演説をじっくりと聞き、ひょっとしたらほかでもないこの人がその昔うちの母さんと関係を持ったかもしれないと考える。（もしかして二人はひとときを共にした仲なんじゃないか。一晩か、長くても二晩か。母さんはもちろんそれを覚えているけど、恐ろしくて息子にさえ言えないんじゃないか。この国の国民ならみんなそうなるだろう。だとしたらそれこそ大統領が、自分も父親のいない家庭で育っていながら国民に対してああも非情でいられることの説明になるんじゃないか？）

フランツィスクは大統領を見つめ、このぞんざいで厳しい男こそが自分の本当の父親なんじゃないかと思い描いてみたが、うまくいかなかった。似ているところもないし、話も意味不明だ。大柄の大人の男が自分の治める国の民に向かって怒鳴り、脅し、怯(おび)えさせようとしているが、なんのためにそんなことをするのかまったくわからない。（そもそも誰に向かって話してるんだ？　どんな人がどんな風に生きてきたら、こんな言葉を信じようと思うんだ？　人生になにが、どんな出来事が起きたら、これを信じられるようになるんだ？）

フランツィスクは空想の父親に思いを馳せ続け、国営テレビの記者は若き共和国の住民に向かって語る――「この国の国章にある五角星は、一般的には赤き過去の国の名残であると思われがちですが、実はキリストの磔のシンボルなのです！」フランツィスクは頭を抱え、眠りにつく。

＊　＊　＊

数ヶ月後、小さな共和国の市民は我に返った。訪れた夏、経済が行き詰まり、国は危機に瀕していた。

フランツィスクはしょっちゅうスタースに電話をかけたが、スタースはほとんど電話に出ず、出たとしても妙に冷たくよそよそしい。仕事が山積みで忙しくて仕方ないという。フランツィスクは友人の身になにかが起きていることはわかったが、訊くのはためらわれた。

「今日会わない？」

「いや、仕事が忙しい」

「なにいってんだよ、スタース。夏じゃないか、楽団は休暇中だろ。おまえ、なんかおかしいよ、ほんとのバカになっちゃったのか？」

「どっちがバカだ、忙しいって言ってんだろ。じゃあな、あとでかけ直す！」

スタースはなにも教えてくれなかった。かなり前から、何ヶ月も——たぶんツィスクが目を覚ましてからずっと、なにかを隠していた。あるときツィスクに電話してきて、会おうと誘ったその日まで。大丈夫なのかと訊くツィスクに、彼は「ああ、もう大丈夫だ」と答えた。「ようやく終わった」と。

「ばあちゃん、ほらスタースを連れてきたよ。覚えてるだろ?」

「なんだよおまえ、やめてくれよ、墓石と話すなんて」

「だって僕が昏睡状態のとき、おまえは話しかけてくれてただろ」

「そりゃあおまえのばあちゃんが、おまえが聞こえてるっていうから」

「それと同じで、いまはばあちゃんが僕たちの声を聞いてんだよ、バーカ」

「バカはおめーだ」

「いいやおまえだね。いいからそこに座ってばあちゃんにいろいろ話してろよ、そのあいだに僕は掃除するから」

「充分きれいじゃないか」

「僕じゃなくばあちゃんと話せって言ってんだろ、アホ」

「ケッ。こんにちは、エリヴィーラおばあさん。俺は元気です。ナスチャとは離婚したけど、ずいぶん前のことだし、たぶん別れて正解だったと思います。どうも俺たちは合わなかったみたいで。ええと、そんな感じです。あとなに話したらいいんだ?」

「ぜんぶだよ、街でなにが起きてるのかとか」

「ああ、それならいくらでも話せるな。エリヴィーラおばあさん、おばあさんは見ていなくてよかったです。我が国唯一無二のすばらしい大統領による選挙前の公約はどういうわけか実現しませんでした。それどころか逆にいまの状況は完全なるクソです」

「ばあちゃんの前で汚い言葉使うなよ」

「実際そうなんだからしょうがないだろ。クソ以外のなにものでもない。エリヴィーラおばあさん、惨憺たる状況です。この国には外貨がありません。まったくです。両替所の前には夜通しで行列ができています。行列の予約までして、あげく喧嘩になるんです。冗談じゃなくほんとに順番争いでとっくみあいの喧嘩をしてるんです。そんなことしたってなんの意味もないのに。行列なんて作ったってどっちみち外貨はないんだから。とにかくコメディもいいとこで、笑い話みたいな日々が続いています。おい、おまえもなんか話すか？　それともこのまま俺が続けようか」

「僕が話すよ」フランツィスクはスタースのとなりに腰かけ、落ち着いた声で静かに語り始めた――「あのさ、ばあちゃん。これは思いつきとかじゃなく、よく考えて決めたことなんだけど、僕はこの国を出ていくことにした。もう耐えられないんだ、ほんとうに。どうやら僕はほんとうに取り残されてしまったのかもしれない。周りの人たちは、こんな状況でも満足そうに暮らしてる。でも僕は疲れた。あの昏睡だけで充分だ、僕はもう人生のうち十年を無駄にした。これ以上時間を失くしたくない。ばあちゃん、もう嫌なんだよ。便器をひたすら売り続けるのも、こんなふうに生きるのも。まともで正常な人たちに囲まれて、怖がらずに生きていたい、すべてを恐れて生きなきゃいけないなんて、もうごめんなんだ。この国がいつまでも変わらないのも、なにもかも、もう嫌だ。ほんとうなら叫んだっていいくらいひどいことばかりなのに、僕はこうして落ち着いて話してる、でもそれこそがほんとうに恐ろしいんだと思う。僕は闘いたくなんかない、生きたいんだ。そうだ、ばあちゃん。このまえテレビでサッカーを観てて、わかったことがある。十歳や十三歳くらいのころは画面を見ながら、いつか自分もきっとこんな風にフィールドに出ていくんだろうって思ってた。ユースチームにも入ってなければプロの選手になれるような練習もしてなくても、テレビに映る選手が自分より年上だっていうだけでそう信じてた。まだ時間はあるんだからって。でもいまの僕にはもう時間なんてほとんど残されてない。それでね、数週間前にユルゲンさんに電話して、ビザのための招聘状（しょうへいじょう）を送ってくださいって頼んだ。送ってくれたよ。だから今日はいつもより早い時間に来たんだ。あと少しこうしてばあちゃんと話したら、僕はビザをとりに——正確にはビザを出してもらうための書類を提出しに、領事館に行く。でも心配しないで、僕はちゃんとここに会いに来るし、スタースにも来てくれるように頼んだから……」

「そうですよ、エリヴィーラさん、ご心配なく。俺もほんとに来ます、なかなかいいところじゃないですか、静かで……」

「よくないのはわかってるんだ、いまも闘い続けてる人たちはいるし、この国に起きているいろんな問題を見過ごせなかっただけで牢屋に入れられている人がたくさんいるのに、それを知っていながら逃げだすなんて。でも僕はもう耐えられない。ここにいても僕は誰にも必要とされない。どこにいても時代に取り残された『かつての』存在になってしまった気がする。かつての隣人、かつての知人、かつての息子に……。でも、発（た）つ前にまた必ず来るからね」

「俺も来ますよ、おばあさん」

墓地からの帰り道、スタースは不意に打ち明け話をはじめた。

「あのさ、いまから話すこと、黙って聞いてほしい。俺はただあったことを話すから、話が終わったら、どう思ったか聞かせてくれ。いや言わなくてもいいけど、その場合はただ受け止めてくれ、いいな？」

「うん……」

「いや、だから黙ってろってば。おまえがさっき、かつての息子って表現したとき、その……なんだ……ほら、俺とナスチャはずっと仲が悪かったわけじゃなくて、昔はそこそこうまくってたし、愛し合ってたとさえ思うんだよ。まあ、わかんないけど。どう呼ぶかなんて別にどうでもいいよな。とにかく、なにか気持ちがあったのは確かだ。結婚したばかりの日々には確かになにかがあった。ナスチャは口には出さなかったし特に態度にも表さなかったけど、でもときどきは俺を愛してたと思うし、それに女友達の前でも堂々としてたんだ、わかるか？　ナスチャみたいな女にとって、友達にも紹介できるってのはかなりすごいことだ、そう、そういう時期もあったんだ、間違いなく、友達に紹介しても恥ずかしくないと思ってくれてた。それでさ。子供が欲しいって言いだしたこともあった。俺も欲しかった。ほんとに欲しかった。すごく欲しいとさえ思った……男の子が。ナスチャも乗り気だった。それで、子供を作ろうとして……でも試しても試してもうまくいかない。毎月同じことの繰り返しだった……。医者に診てもらったら俺のほうに問題があって、父親にはなれないって言われた。ナスチャはなにも言わず、俺もなにも言わず、まあしばらくそのまま暮らしてた。別にナスチャは別れようと思ってる様子はなかったし、いまでもそれが原因で別れたわけじゃないと思ってる。そんなことで別れるわけないんだ。そんなのばかげてるよ。子供が欲しくて別れる人なんかいない。離婚の原因はたいていもっと些細なことさ。ナスチャが俺と別れたのは、俺がプレゼントのひとつもあげられなかったせいで、子供を授けてやれなかったからじゃない。新車やマンションでも買ってやれればずっと俺と一緒にいたと思う。でもいま話してるのはそのことじゃなくて……。俺ら、養子をもらったんだ。男の子を、孤児院でもらってきて……いい子だった。初めはおとなしくて、俺らに気に入られなかったらどうしようって怯えて、ほとんど口もきかなくて、食べ物を隠すなんてこともあったけど、そのうち慣れて、元気になってきた。俺はこのままうまくいくと思った。でもナスチャはそのころにはもう、俺と一緒に生きていくのも貧乏のどん底で養子を育てるのも嫌だって結論に至ってた。夏には海水浴へ出かけたいし新しい服も欲しいのにって。ナスチャが欲しいのはあの子じゃなかった、あの子を愛せなかった……」

「なんでおまえ、その子のこと過去形で話すんだ？」

「あの子は、返したんだ……」

「え？」

「もといた孤児院にあの子を返したんだよ……。現代じゃ、孤児院に子供を返すなんて、保証期限内に壊れた携帯電話を交換してもらうよりずっと簡単にできるんだ。ナスチャはあの子を必要としていなかったし、俺はとてもじゃないけど一人で育てられる自信がなくて……孤児院なら先生もプロだし心療内科もついてると思って……」

「でもそれじゃ、その子は二度も捨てられたことになるじゃないか」

「ああ、いまとなっては俺もずっとそればかり考えてるよ……」

「それで、これからどうするつもりなんだ？」

「それが……どうしたらいいのか見当もつかなくて、それでおまえに相談しようと思って……」

「バカだなあ……」

「わかってる」

「あ、じゃあちょっとここで待ってて。領事館にこれ出してきたらまた話そう」


防弾ガラスの向こうの痩せた男は長々と書類を眺めていた。フランツィスクはその人をよく知っていた。しょっちゅうニュース・カフェで見かける男だ。十七歳くらいの女の子たちとは防弾ガラスなど抜きで一緒に酒を飲んでいたが、職場の規則はあくまでも守るのだろう。フランツィスクはおとなしくしていた。書類を幾度もめくったのち、そのドイツ人はにこりと笑い、フランツィスクのパスポートを持ってどこかへ消えた。三十分ほど。窓口には何度か別のスタッフがやってきて、招聘状と就労証明を確かめ、目をあげてフランツィスクを見て、やはり微笑んで去っていった。それからようやく最初の人が戻ってきた。彼はマイクのスイッチを入れ、ドイツ語なまりのロシア語で尋ねた。

「ご訪問の目的は？」

「両親に会いに行きたいんです」

「ご両親がドイツにいらっしゃるのですか？」

「ええ、ドイツに住んでいます」

「実のご両親ですか？」

「いえ、ステイ先の家族です。これまでにも何度もステイしています。子供のころ、まだちいさかったときのことです。最近ではなく、ずっと前です。それでいま、僕を招待してくれたんです」

「何度も行ったというお話ですけど、パスポートには一切スタンプがありませんが」

「これは新しいパスポートなんです、僕は十年も昏睡状態だったので」

「それで、現地でなにをするのですか？」

「特になにも。ただ両親に会いたいだけです」

「どのくらいですか？」

「どのくらいって……どのくらい強く僕が会いたいと思ってるか、ですか？」

「どのくらいの期間、滞在したいですか？」

「わかりません、どんなビザを出してもらえるか次第です。必要なことがあればなんでもするし、書類はぜんぶ揃ってるし、帰りのチケットを買ったほうがよければいますぐにでも買うつもりだし……」

「それはいいんです、わかっております。しかしお聞きしたいのは、滞在中の計画なのです。具体的な面会の約束はありますか？」

この質問をされたとき、男の背後からさらに二人の領事館スタッフが姿を現した。彼らはツィスクの話を訝しげに聞いている。

「特に計画なんてありません……ただ両親に会いたいんです……。招聘状もあるし必要な書類はみんな揃っていますよね？」

「はい、書類はすべて問題ありません、ですが……」男はほかのスタッフと目配せをし、机に置いてあった一枚の紙を手にとりガラスに押しつけてこちらに見せた。

「このかたをご存じですか？」フランツィスクは即座に黄色い蛍光ペンでマークされた苗字を読みとった。「お知り合いですね？　ご親戚ですか？」

「いいえ、親戚じゃありません。母の再婚相手で……僕にとっては義理の父にあたりますが……」

「では、このかたが現体制との協力関係にあるためにドイツへの入国を拒否されているのをご存じですか？」

「はい、その話は母に聞きました」

「このかたとの現在のご関係は？」

「なんの話ですか。それが僕の渡航とどう関係あるんですか？」

「つきあいはありますか？　お話はされますか？」

「いえ、ほとんどまったく話しませんが……」

「同居していますか？」

「いえ、別々です」

「でも関係は保たれているんですよね？」

「いえ、いま言ったように、まったく会話もしません。そもそも、どこからそんなもの引っぱりだしてきたんですか。苗字も違うのに。いつからそんなに入念に仕事をするようになったんですか？」

「どういうことですか」

「その人とはなんの関係もないんです。なんで僕がその人の責任をとらなきゃいけないんですか。いったい僕の渡航とどう関係してるっていうんですか？」

「こちらとしても、それが知りたくてご質問してるのですが……」

「いま僕が言ったことで充分でしょう」

「そうかもしれないですね」男はまた後ろのスタッフのほうを振り向いた。

その片方が、言葉もなく頷きもせず目だけで合図をした。質問をしていた男はもう一度ツィスクに向きなおり、好意的で優しげに見える微笑みを浮かべて言った――

「では後日こちらからお電話を差し上げます」


墓地に行く支度をしているとき、メトロノームが止まった。ツィスクは（ゼンマイが切れたな）と思って巻き直したが、だめだった。振り子は動かない。夕方修理に出しに行こうと考え、ツィスクは義父に電話をかける。祖母の望みのとおりに。母もまた、言葉にはせずとも願っていただろうことを実行するために。フランツィスクは義父に電話をかけ、「ありがとう」と伝えた。世話をしてくれて、新たな命をくれて、部屋をくれて。いろいろありがとう、と。義父は最後の言葉までは聞きとれなかった。ちょうど騒がしい市場にいたから。

数日後、フランツィスクは祖母の墓前に座り、ビザを受け取ったよ、でももう、どうしたらいいのかわからなくなっちゃったんだ、と話した。墓地での作業は二倍になった。いまではばあちゃんの墓だけじゃなく、スタースの墓まである。スタースは、ツィスクが領事館から出てくるまで待っていてはくれなかった。首を吊って死んでしまった。

「スタースのお墓はあっちの柵の向こうにあるんだ」

フランツィスクはスタースの葬儀の話をし、ナスチャは初老のドイツ人とどこか遠くに出かけていて来られなかったことも話した。

「ねえ、ばあちゃん。変だよな。あいつ、嘘なんかついて。ばあちゃんの墓参りに来るって約束しただろ、あのときはもう来ないってわかってたくせに。僕は正直、こんなことになるなんて思わなかった……わけがわかんないよ……なんか不可思議だよな、ばあちゃん……。あのさ、これ持ってきたんだ……ほら、ばあちゃんが喜ぶと思って。うちのラジカセ、覚えてるだろ。練習曲を弾いて録音してきた。ばあちゃんに聴いてほしくて。スタースも聴いてるかもしれないな。でもあんまり大きな音は出せないんだ、ほら、あっちのほうでお墓参りしてる人がいるし。だから小さめの音にしておくけど、いい？　でもばあちゃん、あんまり厳しいのはやめてくれよ。自力でいろいろ思い出してるところなんだから。でも昔よりずっと良くなったと思うんだ。少なくともちゃんと自覚して弾けるようになった。きれいな音が出るように、指使いも音のつながりも注意して弾くのが、自分でも楽しいんだ。あのころはまさか自分がいつか、指が指板の上に置かれてきれいな音が出ることでこんなに自然な喜びを実感するなんて思ってもみなかった。ばあちゃんがいたころの僕は怠けてばっかりで、なんにもわかってなくて……いまさらながら恥ずかしいよ……。さて、じゃあ聴こうか」

フランツィスクはすっかり色あせた黒い四角のボタンを押す。テープのなかで、弓が弦に触れた。音が鳴り、音から音へと連なり流れていく。ラジカセは鳴り、フランツィスクは自分の演奏を解説する――

「ここはもう少しうまく弾けるはずだよな、あ、それで、ここはなかなかよくできたと思う」

柵の向こうから数人がフランツィスクに目をとめた。少しのあいだその人たちは、悲しげな曲をかけて墓石と話す青年を物珍しく眺めていた。とはいえさほど特異な現象ではない。墓前で話をする人はよくいる。もちろん音楽などかけないが、まあこの青年は少し気がおかしいのかもしれない。そんなこともあるさ。まともな精神状態なら墓で音楽はかけないだろう。そんな風習はない。墓前でソーセージをつまみに酒を飲み、口いっぱいに食べ物をほおばりながら話す人ならよくいるけれど。

フランツィスクは家路につき、メロディーは墓地の空へと飛びたった。チェロの美しく均一な音はとても正確に旋律をなぞっていく。

　フランツィスクは街へ戻るとニュース・カフェに寄ることにした。スタースと一緒にしか来たことがなかったが、ふとウェイターに、スタースはもう来ないと伝えたくなったのだ。

　バーカウンターのそばで、通訳の女性が勘定をすませていた。フランツィスクはすぐに彼女に気づいた。あまりに近くにいたので、体に震えが走り、腹のあたりがキュッとなった。目元にある小さなシワを見て、フランツィスクは少なくとも始まったばかりの新しい人生のなかで、こんなに美しいものを見たことは一度もなかったと気づく。

「ずっと前から声をかけたいと思ってたんだけど、あの、あなたは僕を覚えてませんか？」

「覚えてるわ、もちろん……」

「もう帰るところですか？」

「そうね……いま支払いをしたから……」

「途中まで一緒に帰ってもいいかな」

「私とじゃ楽しくないかもしれないけど……」

「運転が下手なんですか」

「いいえ、地下鉄だけど……」

「それはちょうどいい。えーと、いま何時だっけ。僕も地下鉄に乗るところで……」

「五時四十五分。でもあなた、ついさっき来たばかりでしょう……？」

「べつにいいよ。また来ればいいんだから。で、送っていってもいい？」

「ええ」

「幸せだなあ！」

「え、どうして？」

「わかんないけど、とにかくいますごく幸せなんだ」

「ふふっ、じゃあ行きましょう、幸せ者さん」

＊　　＊　　＊

その爆発は、午後五時五十五分、ある革命の名がつけられた駅で起きた。そこは、ちょうどフランツィスクが通訳の女性に次のデートの約束をとりつけるつもりでいた場所だった。爆発物は手製爆弾で、遠隔操作が可能になっていたとみられている。威力はＴＮＴ換算にして約五キロ。内部には短く刻まれた鉄筋、八十×八ミリサイズの釘、直径一・五センチほどの金属の玉が込められていたとみられている。もしかしたら、フランツィスクは地下鉄の駅構内には入っていなかったかもしれないし、もしかしたら入りはしたもののすでに恋する相手におやすみを告げ、天井の金属板と装飾物がエスカレーターの上に落下する原因にもなったその爆発より前に地下鉄に乗り込み、駅を去っていたかもしれない……

数分後には最初の消防隊と救急隊が到着した。地下鉄は一時運行を停止し、となりの「前方状況に戻った……

危険公園」駅でも乗客の駅構内への入場が禁止された。現場では非常事態警察が検証を始めた。共和国の大統領はこの事件について緊急会見を開き、そのあと内務大臣と七歳の息子を連れて血に染まったプラットフォームを訪れ、献花をした。四月十四日には地下鉄は平常通りの運行状況に戻った……

……それから数ヶ月後、若い青年がチェロを弾いていた。ドイツの港町の一角、市庁舎のすぐ近くの路上で。地元の警察は彼を追い払おうとはしない。そのメロディーは修復工事の音と重なり合い、それによりさらに生き生きとリアルに響く。時折せわしないドリルの音がメロディーをかき消すが、青年は気に留めず弾き続ける。日の出ずる国から来た観光客が嬉しそうにチェロを弾く青年の写真を撮っていく。ぼくは彼を見ながら考えた――どうしてこの青年は外で弾こうと思ったのだろう。どんな運命を歩み、どういう体験をしてきたんだろう。彼の人生にはなにが起こり、なにが起こらなかったのだろう。ぼくによく似たこの青年は、どうして路上のチェロ弾きになったのだろう。どこの街に生まれ、どんな学校に通ったのだろう。ぼくは彼の両親を思い描き、おばあちゃんはいただろうか、いたとしたら、いいおばあちゃんだっただろうかと考えていたが、そのとき曲が終わり、拍手が鳴り響いた……

青年は立ちあがって観客に礼を言い、譜面台と椅子を片付け、去っていく。ぼくはその後ろ姿を見送りながら、ウォークマンのスイッチをいれる。歌声が響いた――

「クラスのみんなは　どうしてる?」
テルアビブからの手紙で　パーヴェルが訊く
現代を　生き抜くのは難しいね
まして　幸せに生きるのは……

ヘルシンキ　二〇一二年

訳者解説

ミンスクに生まれた新世代の作家

東はロシア、北西はラトビア、リトアニア、ポーランド、南はウクライナと接する海のない台形の国土。大きさは日本の本州よりやや小さく、人口は一千万人弱。そのうち約二百万人が暮らす首都ミンスクは北緯五三度に位置し、北緯四五度にある稚内（わっかない）の宗谷岬（そうやみさき）と比較してもさらに北にある。

ベラルーシ共和国は、いまでこそ現在の形になっているものの、東欧の多くの国がそうであるように、歴史の段階ごとにさまざまな国の影響下に入り、統合と分割が繰り返されてきた。バルト海と黒海という南北の中間、そしてロシアと西欧という東西の中間に位置し、長い歴史のなかで、文化や商業の中継点となったことによる恩恵と、領土争いや行軍の中継点となったことによる膨大な被害という両面に常にさらされてきた地域だ。

サーシャ・フィリペンコは一九八四年、ミンスクに生まれた。市内にある小中高一貫の国立芸術専門学校の音楽科を卒業後、音楽院に合格するも、入学を辞退しヨーロッパ人文大学へと進む。ヨーロッパ人文大学はその自由な校風から政府に睨まれ、在学中の二〇〇四年に閉校に追い込まれた（本文一一二ページのニュースでもこっそり言及されている）。その後フィリペンコはロシアへ渡りサンクトペテルブルグ大学の文学部に入学、修士課程を修了。在学中にテレビ局にスカウトされたのがきっかけでロシア第一チャンネルに勤務し、その後、社会派で有名なドーシチ（雨）チャンネルに転職する。テレビ局では知的ユーモア番組のシナリオライターやリポーターとして人気を博し、自らの冠番組も持っていた。しかしこの本（原題『かつての息子』）の出版を機に作家に転向し、テレビ局を退職。以降、『構想』（二〇一五年）、『いじめ』（二〇一六年）、『赤い十字』（二〇一七年）などの作品で次々に文学賞を受賞し、作品はドイツ語、フランス語をはじめさまざまな言語に翻訳され、急速に世界的評価が高まっている。

デビュー作であるこの本は二〇一二年にロシア語で執筆された。ただし巻頭にも記してあるように、一部ベラルーシ語およびベラルーシ語とロシア語の混成言語の部分があり、翻訳では書体を変えてある。ベラルーシ語は、十九世紀前半まではロシア語の方言とみなされていたほどロシア語に近い言語である。のちに独立した言語として認識され、ベラルーシではロシア語とベラルーシ語が話されてきたが、ウクライナがソ連崩壊後にウクライナ語を「国語」として確立させメディアや教育における国語統一を強く押し出してきたのに対し、ベラルーシはむしろ年々ロシア語教育を推進させる方向に進み、現在ミンスク市内の教育言語はほぼロシア語で統一されている。「ベラルーシ語は故郷の言葉として愛着を持っているし、聞けばわかるが、話せない」という若者も多い。言語に限らず、ベラルーシはロシアとの関係において長らく、ソ連というひとつの国として存在していた時代の名残を多くの面で引き継いできた。ふだんはロシアで働き、休暇などの際にベラルーシに帰郷するという人もおり、ソ連時代のようにモスクワを「首都」、ベラルーシを「田舎」のように認識している市民も少なくなかった。

当作品は、まず雑誌のウェブ版に一部が掲載されて話題を呼び、同郷の作家スヴェトラーナ・アレクシエーヴィチの出版を担ってきたヴレーミャ社の編集長ボリス・パステルナーク（一九四六〜）の目にとまり、二〇一四年にモスクワで単行本が刊行されると、この本はロシアで「ルースカヤ・プレミヤ」を受賞し、デビュー作としては異例の人気を博した。

フィリペンコはよく、「ソ連最後の子供たち世代」の代表者として文壇に現れたと評される。ソ連崩壊の前夜に幼少期を過ごし、多感な時期にソ連崩壊とその前後の危機を体験し、時代の変化を肌で感じながら大きくなった世代である。

ロシア文学は長らく、新世代の作家がなかなか育ちづらい状況にあった。ペレストロイカ以降に一躍有名になった作家は、ミハイル・ブルガーコフのようにソ連時代になかなか出版されず、ソ連崩壊とともに公に出版ができるようになった作家か、あるいはソ連後期に地下出版で人気を集めていた大御所世代が中心であり、のちにデビューする作家もリュドミラ・ウリツカヤのようにソ連時代に別の仕事をしながらも常に文学の重要性を意識してきた世代が主流であった。新たに活躍していくはずの一九八〇年代以降に生まれた者は、まず「今後は新しい価値の時代だ」という世論のもと、ソ連時代に敬われていた多くの価値観に疑念を抱かざるを得ない時代に育った。それまでロシア語圏で絶大な影響力を持っていた「文学」の権威もまた、揺らいだ価値観のひとつであった。また、それまでの検閲が一旦はなくなり「なんでも書ける、なんでも読める」はずの環境は、一方ではソ連時代にはあまり馴染(なじ)みのなかったホラーやファンタジーや推理小説といった大衆小説の各ジャンルの発展に貢献したが、他方、社会性のある重いテーマの作品を書こうとする若手作家が出てきづらい状況を生んだ。

そんななかで、「祖母へ」捧げたこの『理不尽ゲーム』でデビューしたフィリペンコは、当初から「社会を描く」ことや「旧世代との対話」に重きを置く、稀有(けう)な若手作家として注目を浴びた。その後は次第に、さらに深く歴史に言及し、同世代の歴史家とタッグを組んで一次資料を用いながら現代社会の奥に切り込むような作品を得意とするようになる。

のちの作品に比べると、当作品には自伝的要素が多く、ソ連崩壊後のベラルーシの現状がじかに生きている。作品に登場する主人公が通う音楽専門学校は作者が通っていた学校をモデルにしているし、友人らにもモデルがおり、歴史の先生もやはり「疑問を持ち、『なぜ』と問うことを教えてくれた恩師」として実在した、と作者は語っている。献辞の捧げられている祖母は科学アカデミーで技術翻訳の仕事をしており、ニール・アームストロングが訪ソした際には通訳を務めた功績の持ち主でありながら、現代ベラルーシの厳しい現実のなかで、わずかな年金で暮らしているという。また、先生たちの会話に登場するハティニ虐殺やクロパティの粛清は、現在も論争の絶えない、ベラルーシの歴史の重要な局面だ。さらに主人公が巻き込まれる一九九九年の群集事故、中盤の二〇〇八年の爆発事件、ラストの二〇一一年の地下鉄構内爆発事件は、後述するようにすべて実際に起きた事件である。

冒頭で主人公が巻き込まれる群集事故は、一九九九年にミンスクの地下鉄ネミガ（ベラルーシ語ではニャミガ）駅で、現地のフェスに集まった十代の若者を中心に五十三人が命を落とした悲劇的事故だ。駅改札手前のガラス扉の入口は閉鎖されていたが、地上から地下鉄へと続く地下通路への入口にはドアがなく、何も知らない人々が袋小路となっている地下通路に殺到し、多数の被害者が出た。主人公とは違い、作者はフェスには行っておらず（サッカーをして疲れて休んでいたらしい）、もちろん昏睡状態で十年間を過ごしてもいない。ただ、のちに二〇〇〇年代のベラルーシについて書こうと思ったとき、ものごとの「身体性」についての本を読み、ふとこの小説の筋書きを思いついたという――この視点から、『理不尽ゲーム』をひもといてみよう。

二度読み『理不尽ゲーム』――社会の閉塞感の「身体性」

主人公は音楽専門学校に通うフランツィスク・ルーキチ、愛称ツィスク。この名前は、十六世紀に古ルーシ語による活版印刷を普及させたフランツィスク・ルキーチ・スコリナ（ベラルーシ語読みではスカルィナだが、本書では祖母がロシア語で語っている場面のためスコリナで統一している）からとられている。スコリナはベラルーシにおける啓蒙主義の発展に貢献した改革者で、文字文化の記念碑ともいうべき人物であり、主人公はこの名前からして強く社会と文化の発展に紐づけられている。

事故で昏睡状態に陥ったツィスクだが、医師は早々とさじを投げ、実の母も次第に主人公の快復をあきらめ、望みをかけるのは祖母だけになる。後半で主人公は奇跡的に意識を取り戻すが、インターネット回線の制限、言論の統制、大統領の強権化、些細なことで次々に逮捕される人々と、社会のほうが昏睡状態に陥らされているかのような「理不尽」な世界に戸惑いを隠せない。

そうして主人公とともに、私たち読者もまたベラルーシの現状に対し「なんで」「どうして」と疑問を投げかけたくなる。十年の昏睡のせいで少年の心を持ったツィスクは、あどけなさと鋭さを抱えたまま、世の中に不安を覚えていく。しかしツィスクは友人スタースに「その言葉、忘れたほうがいいぜ」と忠告されてしまう。

けれども二〇一〇年の大統領選を前に、ベラルーシはにわかに盛りあがりをみせる。ツィスクがセーターを肩に羽織ってわずかに青春を謳歌(おうか)している情景からも、ミンスクにつかのまの自由な空気が流れているのが感じられるシーンだ。対立候補の選挙対策本部が組まれ、改革派はいまこそ社会を変えるときがきたと意欲的に活動をはじめる。だがそんななか、活動の中心を担っていたジャーナリストが殺害される。

一九七四年生まれのジャーナリスト、オレグ・ベベーニンは当時三十六歳だった。九月三日、ベベーニンは首吊りを装った状態で発見された。公式発表では自殺だが、暗殺であることは誰の目にも明らかだった。さらに選挙後に街に集まっただけの人々が次々に逮捕されていく現実にツィスクは恐怖と失望を覚え、国を出る決意をする。

物語のラスト、地下鉄の駅構内で起きる爆発事件は、二〇一一年に地下鉄の十月革命駅で起きた事件で、十五人が死亡した。実はこれは物語中で登場する二〇〇八年に起きた事件（一二四頁）と同一犯の犯行であった。主犯のドミートリー・コノヴァロフは一九八六年生まれ。幼いころから化学が得意で爆発物作りに熱中し、自作の爆発物で最初に事件を起こしたのは十三歳のときだった。以降、幼馴染みのウラジスラフ・コヴァリョフらとともに爆弾を作っては公園や駐車してある車に爆発物を仕掛け、爆破を繰り返していた。二〇〇八年の事件では五十四人が負傷した。この後、小説内に描かれている通り成人男性全国民の指紋が採取されるが、コノヴァロフは病欠などを理由に検査を逃れている。最後の二〇一一年の事件では十五人が死亡、二百三人が負傷した。二人は八月に逮捕され死刑判決が下った。コノヴァロフは全面的に罪を認めたものの、コヴァリョフは一部を否定し減刑の要求をしたが、ルカシェンコがこれを却下し、二人は翌年三月に銃殺された。全国民を容疑者扱いし、独立系メディアを家宅捜索してもまったく成果のなかった犯人探しは、大統領の権限の大きさと、あまりに早い銃殺刑の執行により唐突に終焉（しゅうえん）に至ったが、どの局面をみても民主主義社会における行政・司法・倫理上の問題が山積みであることはいうまでもない。

冒頭で一九九九年の群集事故に巻き込まれ昏睡状態となった主人公が、意識を回復したのちに二〇一一年の爆破事件に巻き込まれてしまうのでは、救いがなさすぎるのではないか——と、読者がどきりとしたところで場面が切り替わり、ドイツの街角で作者とおぼしき「ぼく」が、フランツィスクとおぼしき青年を見つめ、自分によく似たこの青年はどういういきさつで街頭のチェロ弾きになったのかと思いをめぐらす。行き場のない閉塞感に主人公とともに苦しめられてきた読み手に、ふと「想像」という希望が現れたところで物語は終わる。ここにきて改めて提示されるのは、昏睡状態になった主人公とベラルーシ社会の閉塞感を重ねるというのがあくまで「ぼく」の――作者の編みだした作品上の決まりごとであり、ツィスクという主人公は昏睡状態に陥ったその「社会そのもの」であるという、この作品にとって最も重要な比喩である。

そう考えたとき、この小説は現代のディストピア小説としての真価を発揮し、私たちはもう一度、読み返さずにはいられなくなる――ベラルーシの少年とその周囲の人々に起きたリアルな物語であったはずの出来事が、比喩を通じてより身近な、別のなにかを語っていることに気づくのだ。

この本には、読み手を息苦しくさせる場面が多くある。群集事故、溢れる理不尽、思想的理由による恩師の解雇、ジャーナリストの殺害、「玄関の向こうにあるのは果てしなく無意味な世界だ」と部屋に閉じこもる主人公、「生きるということは、息をして働き続けるということは、誰かにとって都合がよく、誰の邪魔にもならないようにするというだけのことなのか」というスタースの言葉に示される、生きる実感のなさ――まさに真綿で首を締められるような読感からは、「昏睡状態」という身体状況を社会に当てはめる比喩もあいまって、社会の閉塞感という非常に描きづらい現象がひしひしと伝わってくる。ニュースで「ベラルーシで反体制派によるデモが続いています」と聞いただけではうまく伝わってこないその苦しさを、他人事ではない、私たちと同時代の社会の空気として、読者に「体感」させてしまうのである。

さらに、主人公が「社会」であるのならば、登場人物たちの主人公（社会）の「昏睡」に対する接しかたにもうひとつの意味が生まれてくる——はなからさじを投げ、長いものに巻かれるばかりの医師、はじめは希望を持っていたものの、次第に私生活に囚われて主人公のことを忘れていく母、次々に国外へ去っていく人々、そんななかで決して希望を失わず、主人公に語りかけ続ける祖母——それらはとりもなおさず、人々の社会への態度でもあるのだ。そしてふと、考えさせられる——私たちは自分をとりまく世界に対し、どうしようもない社会に対し、「手遅れ」だと決めつけたり、「希望がない」とあきらめたりしてしまうことはないだろうか。希望を持つことより順応することのほうが妥当な判断であると考えることはないだろうか、と。

二〇二〇年の『理不尽ゲーム』

本書の冒頭に掲げた作者からのメッセージにもあるように、この作品がロシアで文学賞を受賞しベラルーシの現状にあまり詳しくない多くの読者に読まれるようになって以降、この本は「まさか、こんなにひどいはずがない」という批判に度々さらされた。だがその後、とりわけ二〇二〇年夏の大統領選を機に、世界中が、この本の内容が現実であったどころか、さらなる「理不尽」が溢れていたことに気づかされる。

五年毎におこなわれる大統領選で繰り返されてきた、民主化の波、反体制派の逮捕・追放、異常な高得票率で再選されるルカシェンコ、異議を唱える者への弾圧、といった流れはもはや定番となっており、問題はそれがいかなる規模になるかということだった。これまでと同様にことごとく投獄された反対勢力の候補者のひとりであったチハノフスキーがぎりぎりのところで配偶者のスヴェトラーナ・チハノフスカヤを候補者として登録し、彼女は「自分が当選したら半年以内に公正な選挙をおこない、自らは退く」と公約したことで多数の支持を得る。チハノフスカヤは「反体制派の指導者」と報道されることがあるが、彼女は指導者というよりはシンボルのようなもので、彼女への投票はあくまでも「公正な選挙の実現」に投票することを意味するものであった。ただそれだけの公約にそれほどの支持が集まったのはむろん、もはや選挙が不正であるのが火を見るより明らかだったことが大きい。

フィリペンコは選挙前後の事態をある程度は見越していた。また民主化運動と弾圧の歴史が繰り返され、社会は再び昏睡状態に引き戻されてしまうのか——その動きがこれまでより大きいからこそ、一連の流れでもっとも救わなければならないのは、せっかく新たに希望を持っても直後に武力で潰されてしまうであろう、人々の心だった。選挙直前にロシア、ウクライナ、ベラルーシの著名人が中心となって『理不尽ゲーム』を朗読し、ユーチューブにUPするプロジェクトに作者が参加した裏には、選挙に先立って少しでもその流れを人々に知らせておきたいという気持ちがあったという。企画にはロックグループDDTのユーリー・シェフチューク、TVリポーターのレオニード・パルフョーノフらをはじめ、ロシアきっての人気アーティストや文化人が参加した。目覚めたツィスクが読む祖母の手紙は、ウリツカヤが自宅の台所で朗読している。

二〇二〇年の騒動は予想よりはるかに大規模に発展した。事前のネット調査では三パーセントまで支持率が低下していたとも言われるルカシェンコが八月九日の選挙で八〇パーセントの得票率で再選したというニュースは、もはや不正を隠そうともしない傲慢な政府による笑劇であった。直後からベラルーシ全土でかつてない数十万人規模のデモがおこなわれたが、彼らを待ち受けていたのは無差別な逮捕・投獄と目にあまる暴行だった。武器を持たずただ警官隊の前に歩み出ただけで射殺された者、投獄中に暴行され死亡した者、買い物に出ただけで逮捕された者……。これ見よがしに武装し目出し帽をかぶった、どうみてもテロリストにしか見えない警官たちが、ナンバーのないミニバンに市民を押し込んで連行する。逮捕者の多くは暴行や劣悪な環境により釈放後も心理的後遺症に悩まされているという。さらには七年前に亡くなっている男性の元に「デモに参加した疑い」で出頭命令が届き、家族が驚いて抗議をしたという、まさに二〇二〇年の理不尽ゲームとしか言いようのない出来事もいくつも起きている。ミンスクの北東ジョジナの雑居房に一ヶ月ほど拘束された男性は家族の差し入れで本書を受けとり、拘束された仲間とともに穴があくほど回し読みし、気に入った箇所を朗読しあったという。アレクシエーヴィチにも危険が及び国外へ避難、フィリペンコの出版を担っていた編集者パステルナークも拘束された。

年末にインタビューに答えたフィリペンコは、二〇二一年こそ、これまで国外に逃れた人々が安心して戻ってこられるようなベラルーシになってほしいと答えた。

ベラルーシと私たち

この物語の後半で、いまいちばん流行っているゲームとして登場する「理不尽ゲーム」は、仲間同士でひとつずつ「理不尽な話」をしていくという単純なゲームだ。日本にも昔から、夏の夜にみんなで輪になり、ひとつずつ怪談話をしていく「百物語」があるが、しかし理不尽ゲームには怪談話とは違い「現代の世に、現実に起こったことだけを話す」という縛りがもうけられている。このゲームは、理不尽なことばかりの世の中で、それらと隣り合わせに生きながらそれを笑い話に昇華するという「風刺」と、メディアが制限され国にとって不都合な話は報道されない状況で、口伝えで情報を分かち合うという「情報伝達」の、ふたつの役割を担っているのだろう。

だがメディア制限の影響は、インターネット初期までの時期にこそ強力な統制として機能したものの、現代のベラルーシ国内ではあまり意味を持たなくなった。もともとソ連時代からの言論統制をくぐり抜けて生きてきた経験を持つ人々は、公式メディアの虚言がどういうものであるかよくわかっているし、そのうえでインターネット上に確かな情報源となるポータルやサイトが増え、それを利用する者が主流となってきたためだ。

ベラルーシのメディア統制の影響は、むしろ私たちに及んでいる。私たちに届くのは、政府の公式発表と西欧メディアの報道などが混在した情報である。ルカシェンコ「大統領」（不法に選挙結果を改竄（かいざん）し軍を指揮して多数の市民を殺傷している人間を、市民の多くはもはや大統領とは呼ばない）、「反体制派」によるデモ（「反体制派」という言葉で表すと一部の人々というニュアンスに聞こえかねない）といったメディア上の言葉の問題。加えて農産物の収穫やスポーツの成果やルカシェンコの「人気」といった公式発表を鵜呑みにした情報、一方その情報が本当であればありえないほど路上に溢れて「NO」を訴える人々、彼らに対する警察や軍隊による暴行――それらの情報をなんとなく受け止めるだけでは、ともすれば「どこか遠くの国で起こっている奇妙な現象」というような、実感のない他人事にも映りかねない。

二〇二〇年八月以降、多数の市民が街に出た。だが手に花を持ち、笑顔を交わし合う人々がいかに多くとも、政府は二十年以上続けてきた弾圧の規模を拡大するだけだった。秋が過ぎ冬が訪れ、通りに立つには寒すぎる時期になっても、人々は人形に旗を持たせて路上に置いたり、川面の氷に旗を並べて（白赤白の旗はすぐに撤去されてしまうので、取り出しにくくするために）氷漬けにしたりしながら、抵抗運動を続けている。しかし弾圧は続き法改悪も進み、来年度からは義務教育で「愛国主義」が強化され、白赤白の旗は「ファシズムの旗」であると教えられるという。希望が大きかったぶんだけ、次第に悲しみが広がっていく――どれほど多くの市民が団結し、平和な訴えを続けても、理不尽な武力には勝てないというのだろうか。

否、と本書のラストで提示される「想像」は語る。想像の力は大きい。もはや他人事ではありえないのだ。私たちは、社会の昏睡がいかなるものかをこの本によって「体感」した。それはほかでもない、その昏睡から、閉塞感から、息苦しさから解き放たれるためだ。

国のトップが膨大な不正をおこない、軍や警察の武力を牛耳って不法に人々を殺傷していく社会は、突如として生まれるわけではない。国家が権力を盾に「説明」の責務を放棄し、身勝手な行為に市民を従わせ、ひたすら我慢を強いた長い期間のなかには、見逃してはならない多くの「理不尽」があった。

そんななかで、決めつけないこと、あきらめないこと、「なぜ」と問い続けること、制度の存続のために武力や圧力をもって「下」の者に理不尽を突きつけるすべての物事に抗(あらが)うこと――それらがいかに大切であるかを実感するのなら、私たちの心は昏睡状態から目覚め、世界は変わる。この本の世界と私たちの目の前にある社会には、継ぎ目などない。社会の不正に、閉塞感に、理不尽に行きあたった私たちは、世界中のすべてのツィスクたちとともに、もういちど愛の言葉に――「いちばんすごい奇跡はいつも、望みがないときに起きるんだよ」という祖母の言葉に耳を傾け、奇跡を起こそう。

最後になりましたが、難しい状況のなかで何度も快く翻訳上の質問に答えてくださった作者フィリペンコ氏、素敵な表紙をデザインしてくださった装丁家の川名潤さん、いつも丁寧にコメントや励ましの言葉をくださった集英社の佐藤香さん、そしていまこの本を手にとって「体験」を共にしているすべての方々に、心より感謝を申し上げます。

サーシャ・フィリペンコ　Саша Филипенко

1984年、ベラルーシのミンスク生まれ。サンクトペテルブルグ大学で文学を学ぶ。テレビ局でジャーナリストや脚本家として活動し、2014年に『理不尽ゲーム』で長編デビュー。本書は複数の文学賞にノミネートされ、「ルースカヤ・プレミヤ」(ロシア国外に在住するロシア語作家に与えられる賞)を受賞した。現在も執筆を続けており、ノーベル賞作家スヴェトラーナ・アレクシエーヴィチからも高く評価されている。

奈倉有里（なぐら・ゆり）

1982年東京生まれ。東京大学大学院満期退学、博士（文学）。訳書にミハイル・シーシキン『手紙』、リュドミラ・ウリツカヤ『陽気なお葬式』（以上新潮クレスト・ブックス）、ボリス・アクーニン『トルコ捨駒スパイ事件』（岩波書店）、『ポケットマスターピース10　ドストエフスキー』（分担訳、集英社文庫ヘリテージシリーズ）、『ナボコフ・コレクション　マーシェンカ／キング、クイーン、ジャック』（分担訳、新潮社）など多数。

装画＝出口えり
装丁＝川名 潤

理不尽(りふじん)ゲーム

2021年３月30日　第１刷発行

著　者　サーシャ・フィリペンコ
訳　者　奈倉有里(なぐらゆり)
発行者　徳永 真
発行所　株式会社集英社
〒101-8050　東京都千代田区一ツ橋2-5-10
電話　03-3230-6100（編集部）
03-3230-6080（読者係）
03-3230-6393（販売部）書店専用
印刷所　大日本印刷株式会社
製本所　ナショナル製本協同組合

ISBN978-4-08-773511-6 C0097

定価はカバーに表示してあります。